# स्पन्दन और अनुभूतियाँ

प्रभा माथुर

GenNext Publication

स्पन्दन और अनुभूतियाँ



ISBN : 978-93-8022-262-2

मूल्य : 190

भारत में सन् 2015 में प्रकाशित

जेनेक्स्ट पब्लिकेशन,

23, मैन अंसारी रोड, दरियागंज

नई दिल्ली - 110002

Phone : 23282060, 23261060

ई–मेल : gennext@hotmail.com

*टंकण कार्य:* Print'O'Soul Graphic

*मुद्रित* at: Isha Prints

# स्पन्दन और अनुभूतियाँ

# अनुक्रमणिका

# आमुख

**अश्भन्वती रीयते संरभध्वं, उत्तिष्ठत् प्रतरता संखाया:।**
**अत्राजहाय ये असन्नशेवा: शिवान वयम् उत्तरेमाभि वाजान॥**

जीवन की धारा पहाड़ी नदी की तरह है। सावधानी से इसे पार करने के लिये आप कटिबद्ध व उद्‌यत हों, दूसरे से सखा भाव को लेकर जुड़ जायें। हम अवांछनीय तत्वों को पीछे छोड़कर आगे बढ़ने के लिए कल्याणमय शक्तियों का आह्वान करते हैं।

**ऋग, यजु: एवं अथर्ववेद**

यह वेद मंत्र हमें अपने जीवन में आत्म समृद्धि के लिये प्रेरित करता है। प्रत्येक व्यक्ति को अपनी प्रतिभाओं व उपलब्धियों को प्रगट करने का अधिकार है। विशिष्ट प्रयास, तन्मयता व लगन से ही आत्म समृद्धि होती है तथा उसका प्रगट करना एक अनुपम उपलब्धि बन जाती है। एक सजग और जीवंत साहित्यकार व्यक्तिगत रूप से अपनी समय सीमा से बंधा होने पर भी उसका अन्त:स्फुरण उसका अतिक्रमण भी करता है। उसकी रचना से उसका वर्तमान प्रतिबिम्बित होता है, रूपाकार ग्रहण करता है, अतीत को अर्थवान बनाता है और भविष्य के लिए कुछ दिशा संकेत छोड़ जाता है। उसकी प्रतिभा जिस प्रेरणा से स्फूर्त होती है उसका स्पन्दन साहित्यकार के भी कही बहुत गहरे में होता है। देखना यह होता है कि उस प्रेरणा एवं अनुभूति ने उसे कितना झकझोरा, उसे कहाँ तक आहत किया है और उसकी लेखनी ने उसे कितनी संवेदना से अंकित किया है। "स्पन्दन और अनुभूतियां," श्रीमती प्रभा माथुर की कहानियाँ, लघु कथाओं व लेखों का ऐसा संकलन जिसमें ममता, प्रेम,

वितृष्णा जैसी मानवीय संवेदनाओं, संबंधों, व्यक्तिव की संरचना एवं अंतर्द्वन्द्व को बड़ी कुशलता से शब्द दिये गये हैं। साथ ही महिला सशक्तिकरण, दहेज प्रथा, परिवार नियोजन, नैतिक मूल्यों का ह्रास, आतंकवाद जैसे सामाजिक व सामयिक महत्त्व के विषयों को प्रभावपूर्ण ढंग से प्रकाशित किया है। सटीक भाषा शैली एवं भावों की मर्मस्पर्शी एवं सहज अभिव्यक्ति पाठकों के मानस पटल पर गहरी छाप छोड़ जाती है।

'चलते रहो प्यारे फटाफट' (सी.आर.पी.एफ.), केन्द्रीय रिजर्व पुलिस बल पर आधारित संस्मरणात्मक लेख इस महान अर्द्धसैनिक बल के रोचक व गंभीर दोनों पक्षों को उजागर करता है। लेखिका की इस प्रथम पुस्तक का आमुख लिखने में मैं एक अनुपम अनुभूति का अनुभव कर रहा हूँ। अपनी अनुभूतियों को विभिन्न रूपों में अभिव्यक्त करने का यह प्रयास सराहनीय है। मुझे पूर्ण विश्वास है कि साहित्य जगत इस लघु पुस्तिका का स्वागत करेगा। इस संकलन के लिये श्रीमती प्रभा माथुर को बहुत-बहुत शुभकामनायें व हार्दिक बधाई।

**कृष्ण मोहन**

(डॉ. कृष्ण मोहन माथुर)
ए-22 वालनट, सिटी लाईट
मीडोज-82, अन्डाल अम्माल स्ट्रीट
चेन्नई, नोलम्बूर, तमिलनाडू

# प्रस्तावना

**ऊँ प्रणो देवि सरस्वती**
**वाजेभिर्वाजिनीवती**
**धीमान्अविव्यवतु ।।** (ऋग्वेद: 6.61.4)

देवी माँ सरस्वती, ब्रह्मतत्व ही जिनका एकमात्र स्वरूप है, जो अपने ज्योतिर्मय ऐश्वर्य के साथ नाना प्रकार के नाम रूप में व्यक्त हैं, हमारी चेतना को प्रस्फुटित करें व सुरक्षा प्रदान करें...

मानव जीवन विविधताओं से पूर्ण है। सभी के जीवन में कुछ मार्मिक, कुछ रोमांचक खट्टे-मीठे क्षण, प्रसंग व घटनायें व अनुभव होते हैं। लिखने के लिये लेखक के पास तीन चीजों का होना जरूरी होता है-अनुभूत यथार्थ, निरीक्षण क्षमता और कल्पनाशीलता। सौभाग्य से उत्तर प्रदेश सरकार में सेवारत डाक्टर पिता की पुत्री व सरकार में सेवारत पुलिस अधिकारी की पत्नी होने के कारण मुझे पहले उत्तर प्रदेश के विभिन्न नगरों व छोटे-छोटे गाँवों को, फिर देश के विभिन्न प्रान्तों को, वहाँ रह कर देखने-समझने के अनेक अवसर प्राप्त हुए और डॉक्टर कृष्ण मोहन माथुर की सेवा निवृति के बाद रही-सही कसर बच्चों के साथ पूरी हो रही है। ऐसे विविधतापूर्ण जीवन में अनुभूत यथार्थ के अथाह भंडार में कुछ को मेरी सीमित क्षमता व कल्पनाशीलता के अनुरूप आकार मिला। जो "स्पन्दन और अनुभूतियाँ" नाम से प्रस्तुत है। जगत नियन्ता परब्रह्म परमेश्वर एवं पराशक्ति माँ भगवती को इस अनुकम्पा के लिए कोटिशः नमन्। प्रस्तुत कृति 'तेरा तुझको अर्पण' भाव से उन्हें ही समर्पित है।

इस संकलन की प्रथम कहानी पुराने समय के मध्यवर्गीय बड़े-बड़े परिवारों में छोटी-छोटी इच्छाओं की पूर्ति के लिए मन मसोस कर रह जाने की आर्थिक विवशता, परिवार नियोजन की अनिवार्यता को दर्शाती

है। '*मन की गति,*' नारी की संवेदनशीलता व पुरूष की निस्पृहता को लेकर मन में आने वाले उतार–चढ़ावों पर आधारित है। 'अनुत्तरित प्रश्न', 1990–91 में आतंकग्रस्त पंजाब प्रवास के दौरान लिखी गई आतंकवाद पर प्रश्नचिह्न लगाती हुई कहानी है। '*महिला सशक्तिकरण*' व '*कन्या बोझ क्यों और कब तक?*' लेखों में समाज में कन्याओं व महिलाओं की स्थिति को लेकर विचार व्यक्त किये गये हैं। कुल मिलाकर प्रस्तुत पुस्तक मर्मस्पर्शी संस्मरणों, प्रसंगों व अनुभूतियों की अभिव्यक्ति का प्रयास ही है।

अनेकानेक स्थानों में से माउण्ट आबू का जीवन में विशिष्ट महत्त्व रहा। वहाँ की अधिष्ठात्री देवी माँ अबुर्दा जिनकी वात्सल्यमयी गोद व भगवान सोमनाथ की कृपापूर्ण शरण में पहुँचकर अपने घर जाने जैसा सुख व आश्वासन मिलता है उन्हें मेरा कोटिशः नमन व पूर्ण शरणागति। सन्त सरोवर आश्रम में परमपूज्य स्वामी ईश्वरानन्द जी के रूप में प्राप्त सद्गुरू की असीम कृपा व दिव्य सन्निधि जीवन की सबसे बड़ी उपलब्धि है। उन्होंने मातृवत्, जैसे माँ हाथ पकड़कर बालक को चलना सिखाती है, वैसे ही आध्यात्म की शिक्षा प्रारम्भ करके फूल और काँटों से भरे जीवन पथ पर चलने की दिशा प्रदान की। उनके प्रति कृतज्ञता ज्ञापन की क्षमता मुझमें नहीं है। उस महान गुरूशक्ति को 'कोटि–कोटि शत्' प्रणाम।

हमारे प्रथम शिक्षक, व्यक्तित्व व चरित्र के निर्माता माता–पिता ही होते हैं। मेरे दिवंगत पिता श्रद्धेय डॉक्टर लक्ष्मी नारायण माथुर एवं ममता की मूर्ति माँ श्रीमती चाँदरानी दोनों ही प्रगतिशील व उन्नत विचारों के धनी थे। उन्होंने उस समय में जब लड़कियों को पढ़ाना आवश्यक नहीं समझा था, बिना भेदभाव के उच्चतम शिक्षा के साथ–साथ संगीत व अन्य ललित कलाओं व खेलकूद आदि सभी क्षेत्रों में आगे बढ़ने के लिये प्रेरित किया और इसके योग्य बनाया। उनके प्रति कृतज्ञता ज्ञापन एक औपचारिकता मात्र ही होगी अन्यथा माता–पिता के ऋण से उऋण होना क्या धन्यवाद देकर सम्भव है! उनको मेरा शत–शत नमन। मेरे पूज्य श्वसुर जी श्री प्रेम नारायण माथुर, जो स्वयं शिक्षक थे, पर्दाप्रथा के विरोधी एवं प्रगतिशील विचारों के व्यक्ति थे एवं पूज्य सासू माँ श्रीमती

विज्ञान माथुर अधिक शिक्षित न होने पर भी उच्च विचारों वाली धार्मिक महिला थीं। सबसे बड़ी बात यह थी कि दोनों से ही मुझे बेटियों से भी बढ़कर स्नेह, सम्मान व प्रोत्साहन मिला जो बहुत कम परिवारों में देखने को मिलता है। उन दोनों के प्रति अपनी हार्दिक कृतज्ञता व सम्मान व्यक्त करती हूँ।

मेरे जीवन सहचर डॉ. श्री कृष्ण मोहन माथुर जो स्वयं एक प्रतिभाशाली, परिश्रमी व कर्मठ व्यक्ति हैं, सदा ही जीवन में कुछ करने व आगे बढ़ने के लिये प्रेरित करते रहे हैं। लम्बे कालान्तर में अभिव्यक्त अनुभूतियों एवं विचारों को पुस्तक का रूप देने में उनका अमूल्य योगदान रहा है। उनके प्रति आभार प्रकट करने के लिए मेरे पास शब्द नहीं हैं। शैशव व बाल्यावस्था में माता-पिता पर आश्रित रहने वाले बच्चे समय बीतते-बीतते कब उनका सहारा व प्रेरक भी बन जाते हैं पता ही नहीं चलता। यदा-कदा लिखी गई कहानियाँ व रचनाओं को देखकर मेरी पुत्रियाँ शिखा, प्रज्ञा व पुत्र शुभांग, तीनों ही कहते रहे हैं, 'माँ आप खूब लिखा करिये,' एक नियम बना लीजिये, रोज कुछ ना कुछ जरूर लिखेंगी।' मैं चाहते हुए भी कुछ परिस्थिति व अधिकतर प्रमाद वश उतना नहीं कर पाई जितना कर सकती थी। फिर भी जो कुछ है उसके पीछे ये तीनों और अब तो हमारे प्रिय दामाद श्री नीरज कुमार व श्री प्रखर कुमार व पुत्रवधू नन्दिता भी इस सहयोग में सम्मिलित हैं। उन्हें भी हार्दिक धन्यवाद व अनन्त शुभकामनाएँ व शुभाशीष। जीवन को अपनी बाल-सुलभ लीलाओं व प्यारी बातों से नई ऊर्जा व खुशियों से भर देने वाले हमारे प्रिय दौहित्र संवित-शाश्वत्, प्रभव-प्रभास व प्रपौत्र यज्ञेश-निखिलेश प्रेरणा के स्रोत रहे हैं। उन्हें मेरा प्यार भरा शुभाशीष व माँ भगवती को इस असीम कृपा के लिये कोटि-कोटि नमन।

22 फरवरी, 2014 को शिखा की 'महिला सशक्तिकरण' पर आधारित पुस्तक के विमोचन के अवसर पर प्रकाशक श्री बी.पी. गर्ग से मिलने का सुअवसर मिला। श्री गर्ग जी 1987 से अब तक डॉ. कृष्ण मोहन माथुर की "सोलह" व "प्रज्ञा" की एक पुस्तक का प्रकाशन कर चुके हैं और इस प्रकार हमारे पारिवारिक प्रकाशक एवं मित्र भी हैं। अवसर का लाभ उठाते हुए मैंने अपनी भी एक पुस्तक

छापने का आग्रह किया और उन्होंने क्षण मात्र भी सोचे बिना सहर्ष स्वीकार कर लिया। उनके इस आश्वासन का "स्पन्दन" 'स्पन्दन और अनुभूतियाँ' के प्रकाशन में बहुत बड़ा योगदान रहा, जिसके लिए मैं उनके प्रति हृदय से आभारी हूँ। साथ ही उनके सपुत्र श्री अमित गर्ग, जो अब प्रकाशन का अधिकांश कार्यभार सँभाल रहे हैं, को भी बहुत-बहुत धन्यवाद। श्री महेन्द्र कुमार जी, जो डाक भवन में कार्यरत हैं, ने धैर्यपूर्वक बड़ी कुशलता से हस्तलिखित रचनाओं को टाईप करके व्यवस्थित रूप दिया जिसके लिए उनको हार्दिक धन्यवाद।

**प्रभा माथुर**
(लेखिका)

# 1
# जिम्मेदारियाँ

उल्लासित और उत्साहित सा विनय गुनगुनाते हुए अन्दर आया और विभा से बोला, "मैं रिक्शा ले आया हूँ, सामान रखवाता हूँ, तुम जरा जल्दी करो, पौने आठ बज गये हैं, गाड़ी ठीक साढ़े आठ बजे छूट जाती है।" विभा के सुन्दर मुख पर सहज मुस्कान बिखर गई, "मैं तो बिल्कुल तैयार हूँ" कहते हुए वह पूजा गृह में गई, ठाकुर जी को दण्डवत कर प्रसाद लिया और बाहर आकर माँजी के चरण छुए। "सदा सुखी-सम्पन्न व सौभाग्यवती रहो," ममतामयी सास ने आशीर्वचन की बौछार कर दी, "बेटी जाओ, अच्छी तरह प्यार से रहना दोनों।" फिर जरा आर्द्र स्वर में बोलीं, "बेटी बड़ी-बड़ी जिम्मेदारियाँ हैं तुम्हारे सिर पर।"

विभा जो माँजी के स्नेह युक्त आशीर्वचनों को सुनकर गद्‌गद् हुई जा रही थी, इस अन्तिम वाक्य को सुनकर सहसा ठिठक गई और कुछ आशंकित सी विनय से बोली, 'चलिये।'

"उठो विभा इन्दौर आने वाला है, बिस्तर बाँध लें।" विनय की आवाज से वह चौंककर उठ बैठी। जरा अलसाये स्वर में बोली, "बड़ी गहरी नींद आई, इतना लम्बा सफर कब कट गया, पता ही नहीं चला।"

"कई दिन और रातों के बाद सोने का अवसर मिला उसका पूरा फायदा उठाया है हमारी मेमसाहब ने," कहते हुए विनय बिस्तर बाँधने लगा। तभी स्टेशन आ गया। पुलिस ड्रेस में सुसज्जित हाथों में फूल मालाएँ लिए हुए बहुत से लोगों को स्वागत के लिए स्टेशन पर आये हुए देखकर विभा गर्व से फूल उठी।

"हैलो विनय, शादी मुबारक हो।"

"थैंक्यू दिवाकर!' विभा, यह मेरे मित्र और सहयोगी हैं मिस्टर दिवाकर वर्मा," विनय ने एक लम्बे चौड़े आकर्षक युवक से उसका

परिचय करवाया। "नमस्ते भाभी जी!" "नमस्ते," मुस्कराते हुए विभा ने उत्तर दिया। तभी ड्राइवर ने आकर सूचना दी, "सर, सामान गाड़ी में रखवा दिया है।"

शानदार बंगला, लॉन, बगीचा, काम करने के लिए नौकर चाकर सब कुछ देखकर विभा हर्ष विभोर हो उठी। मन ही मन सोचने लगी, "मैं कितनी भाग्यशाली हूँ जो इतना सुन्दर सुशिक्षित, उच्च पदाधिकारी पति तथा अन्य सभी सुविधाएँ अनायास ही मिल गईं, वरना भाई बहनों में सबसे छोटी होने के कारण पिताजी ने उसके विवाह के विषय में अभी सोचा भी नहीं था कि अचानक ही एक दिन मास्टर श्याम बिहारी जी का अपने छोटे पुत्र विनय के साथ उसके विवाह का प्रस्ताव-पत्र फोटो सहित आ गया, तो वे इनकार ना कर सके। फिर इस वर्ष विभा ने एम.ए. फाइनल की परीक्षा दी थी और सफलता भी निश्चित ही थी। वैसे एक बार दबी जुबान से उन्होंने कहा, "सात-सात छोटी बहनें हैं विनय की," तो माँ ने कहकर टाल दिया, "ऊँह, भगवान के घर से सब अपना-अपना भाग्य लेकर आती हैं। दो की शादी हो गई है, बाकी की भी हो ही जायेगी। मास्टर साहब से पुरानी जान पहचान है। सभी का स्वभाव जाना पहचाना है, फिर विनय जैसा सुशील व गुणवान लड़का कहाँ मिलेगा। ऐसा मौका हाथ से नहीं जाने देना चाहिये।" विचार विमर्श के बाद पिताजी ने स्वीकृति भेज दी। अगले महीने में ही सगाई की रस्म बड़ी धूमधाम से सम्पन्न हुई, मई में विवाह और एक सप्ताह बाद ही वह विनय के साथ इन्दौर आ गई। इन्हीं विचारों में वह खोई हुई थी कि विनय ने आकर उसकी तन्द्रा भंग कर दी, "किस दुनिया में खोई हो हमारी रानी? देखो सुभाष ने नाश्ता मेज पर लगा दिया है। दोपहर के खाने के लिए दिवाकर कह गया है, रात को तुम्हारे स्वागत में क्लब डिनर है। तुम्हें गाना जरूर गाना पड़ेगा, कौन-सा सुनाओगी?"

इसी प्रकार किसी मित्र के घर लंच तो कहीं डिनर। यों ही कई दिन व्यतीत हो गए और इस बीच विभा ने अपनी गृहस्थी जमा ली। घर के लिए फर्नीचर, रेडियो, वाशिंग मशीन, पंखा व बर्तनों से लेकर पर्दे, कुशन और सजावट के लिए सभी सामान ठीक से लगाया गया और

बड़ी ही सरलता से जीवन की गाड़ी सुव्यवस्थित और सुचारु रूप से चल पड़ी।

दिवाकर और उसकी पत्नी सुनीता साथ वाले बंगले में रहते थे। थोड़े समय में ही विभा और सुनीता का परिचय मित्रता में परिणित हो गया और दोनों का खाली समय चाय की चुस्कियों में, गपशप में व्यतीत होता था। उस दिन बातों ही बातों में सुनीता ने बताया, "हम कल 'ममता' पिक्चर देखकर आये हैं, बहुत ही बढ़िया है, तुम भी जरूर देखकर आओ, आज आखिरी दिन है।"

शाम को विनय के आने पर जब विभा ने पिक्चर चलने का प्रस्ताव रखा तो विनय बोला, "अरे आज तो मन्दिर चलते हैं, यहाँ एक बहुत सुन्दर देवी का मन्दिर है।" "मन्दिर कल चले चलेंगे, आज पिक्चर का आखिरी दिन है।" विभा के आग्रह पर विनय जरा रूखे स्वर में बोला, "देखो विभा, मैं तुमसे कुछ छिपाना नहीं चाहता, मेरे ऊपर पाँच-पाँच बहनों की शादी का भार है, अतः इस प्रकार की फिजूल खर्ची हमारी सामर्थ्य से बाहर है।"

विभा तो जैसे सन्न रह गई। उन्नाव से चलते समय कहे हुए माँ के शब्द 'बेटी, बड़ी-बड़ी जिम्मेदारियाँ हैं तुम्हारे सिर पर' उसके कानों में गूँज उठे। तो इतनी छोटी-छोटी इच्छाओं का दमन करके यह मूल्य चुकाना होगा, यह तो उसने स्वप्न में भी न सोचा था। मन कुछ ऐसा उदास हुआ कि उस दिन वह विनय के साथ मन्दिर भी न जा सकी।

विनय और दिवाकर दोपहर का लंच घर आकर ही करते थे। सुनीता और विभा उनके आने की प्रतीक्षा के लिए बाहर खड़े होकर बातों में इतनी तल्लीन हो जातीं कि दिवाकर का स्कूटर या विनय की साइकिल की घंटी ही उनका ध्यान भंग करती थी। उस दिन बातें करते-करते अचानक ही विभा की आँखों के आगे अँधेरा छा गया और उसे चक्कर-सा आ गया। फिर जब उसने आँखें खोली तो स्वयं को अपने बिस्तर पर पाकर आश्चर्य से बोली, "मैं यहाँ कैसे आ गई?" तो पास ही खड़ी सुनीता उसके हाथ में दूध का गिलास देते हुए बोली, "लो चुपचाप यह पी लो और मेरी बधाई स्वीकार करो, घर में नया

मेहमान आने वाला है।" विनय तो इस समाचार को सुनकर खुशी से उछल पड़ा। उस दिन से वह स्वयं उसके खाने पीने और हर सुविधा का विशेष ध्यान रखता। रोज सवेरे शाम उसे घुमाने ले जाता। उसके इस प्रेमपूर्ण अपनत्व भरे व्यवहार में विभा कुछ भूल जाती किन्तु सहजभाव से चलती हुई उनकी गृहस्थी की गाड़ी के मार्ग में प्राय: ऐसा क्षण आ जाता जो विभा को उथल-पुथल कर जाता था। उस दिन रविवार था, गृहस्थी का कुछ आवश्यक सामान लेने दोनों बाजार गए तो अचानक ही विभा की निगाह शोकेस में टंगी साड़ी पर पड़ गई, "देखो कितनी सुन्दर साड़ी है! बड़ा प्यारा प्रिंट है।" अच्छे कपड़ों का उसे हमेशा ही शौक रहा है। माँ के साथ वह और सुमन दीदी जब भी साड़ी लेने जातीं तो उसी की ही सबसे महँगी और बढ़िया साड़ी होती थी। उसने विनय से दाम पूछने के लिए कहा, केवल चालीस रुपये की प्रिंटेड वायल की साड़ी थी।

"अभी तो तुम्हारे पास शादी की ही इतनी साड़ियाँ हैं, क्या करोगी नई लेकर। तुम यह क्यों भूल जाती हो कि मेरे ऊपर पाँच-पाँच बहनों की शादी का भार है।" विनय आगे बढ़ते हुए बोला तो विभा मानो आसमान से धरती पर आ गयी। माँजी के वही शब्द 'बेटी बड़ी-बड़ी जिम्मेदारियाँ...,' उसके कानों में गूँज उठीं और उनका चेहरा जिसमें ममता के स्थान पर स्वार्थ की झलक अधिक थी, उसे याद आ गया, उसका मन एक अजीब सी कड़वाहट से भर गया।

घर आकर जब विभा के उदास मुख पर विनय की नजर पड़ी तो उसे अपनी भूल का अहसास हुआ। वह अत्यन्त कोमल स्वर में बोला, "मुझे गलत मत समझना विभा, मैं बता नहीं सकता कि मैं कितना प्यार करता हूँ। मैंने अपनी जीवन संगिनी के रूप में हमेशा तुम्हारी ही कामना की और यह तो तुम्हें मानना पड़ेगा कि मनुष्य का वश उसी पर चलता है जिस पर वह अपना अधिकार समझता है।" दूसरे दिन शाम को ऑफिस से आने पर विनय ने उसे एक पैकेट दिया जिसमें वही प्रिंटेड वायल की साड़ी देखकर विभा की आँखें हर्षातिरेक से छलछला उठीं। "तुम्हारा अगाध प्रेम और विश्वास ही तो मेरे जीवन का सबसे बड़ा

सम्बल है अन्यथा इन जिम्मेदारियों का भार वहन करना मेरे लिए तो सर्वथा असम्भव ही है।" गाड़ी झटका खाने के बाद पुनः समतल राह पर आ गई थी। प्रसव काल निकट आ रहा था अतः विनय ने माँ जी को बुला लिया था। माँ जी भी उसका पूरा ध्यान रखती और समय-समय पर आवश्यक हिदायतें भी देती रहतीं। रोज सुबह-शाम पूजा के समय भगवान से यही मनौती माँगती, "हे प्रभू, विनय के बेटा ही हो (मेरे सात लड़कियाँ हैं अब मैं नहीं चाहती कि बहू के भी लड़की हो)।" विभा मन ही मन मुस्कराते हुए सोचती, 'माँ जी को लड़कियाँ इतनी नापसन्द थीं तो स्वयं के लिए क्यों नहीं सोचा। बाबूजी तो अर्थशास्त्र के प्राध्यापक हैं। परिवार नियोजन उसमें विशेष रूप से पढ़ाया जाता है। फिर ईश्वर की कृपा से शुरू में ही दो बेटे हो गए, अतः यों भी व्यर्थ परिवार बढ़ाने की आवश्यकता ना थी।' किन्तु मुँह से कुछ कहने का साहस उसमें नहीं था। हाँ, वह और विनय निश्चय कर चुके थे कि चाहे बेटे हों या बेटियाँ, वे अपने परिवार को दो-तीन बच्चों तक ही सीमित रखेंगे।

माँ जी बड़ी उत्सुकता और बेचैनी से अस्पताल के बरामदे में शुभ समाचार की प्रतीक्षा कर रही थीं कि तभी नर्स ने आकर पोती के जन्म की सूचना दी तो जैसे उनकी सारी आकांक्षाओं पर पानी फिर गया। विभा तो उनका उदास चेहरा देखकर कुछ आशंकितसी हो गयी थी कि तभी नर्स ने फूल सी नन्हीं मुन्हीं गुड़िया को लाकर उसके पास लिटा दिया तो उसे एक बार अच्छी तरह देख लेने के बाद वह आश्वस्त हो पायी थी। फिर विनय को प्रसन्न और सन्तुष्ट देखकर तो उसे अपनी समस्त शंकाएँ निर्मूल प्रतीत हुईं। जब विनय खुश है तो उसे किसी का कुछ डर नहीं। फिर अस्पताल से घर आने पर माँजी बेबी को सबसे पहले ठाकुरजी के आगे पृथ्वी पर रखते हुए कहने लगी, "हे धरती माता इसका बोझ संभालना" तो विभा के मन में सहसा यही विचार आया कि वह अपनी बगिया की इस प्रथम कली को उच्चतम शिक्षा देकर इस योग्य बनायेगी कि वह कई पुत्रों से श्रेष्ठ बन सके। स्वाति के दो माह की होते ना होते विनय की पदोन्नतति के समाचार ने तो जैसे इस बात

की पुष्टि कर दी कि उसका (लड़की का) आगमन वास्तव में शुभ और मंगलमय है।

अजमेर विभा को बहुत पसन्द आया। ना बहुत छोटी और ना अधिक। बड़ी शान्त जगह थी और हर तरह की सुविधाएँ थीं। विनय भी नये परिवेश में खुश था। यों भी स्वाति ने उनके जीवन में एक नया आनन्द भर दिया था। समय के जैसे पंख लग गये थे। उसके साथ छोटे-मोटे अनेक कामों में विभा इतनी व्यस्त रहती कि "पाँच-पाँच बहनों की शादी" वाली बात भी उसके दिमाग से निकल ही गई थी। जीवन की गाड़ी निर्बाध गति से आगे बढ़ रही थी।

उस दिन वह और उसकी पड़ोसन शशि बातों में व्यस्त थीं। शशि के पति नरेन्द्र भी विनय के ही ऑफिस में उसके साथ ही अफसर थे। तभी स्कूटर की आवाज सुनकर चाय का कप रखकर उठते हुए शशि बोली, "लो यह तो आ गये मैं चलती हूँ। शर्मासा को तो जरा देर लगेगी।" वे दोनों बाहर आईं तो नरेन्द्र अपना गेट खोलकर अन्दर आते हुए कहने लगा, "नमस्ते भाभी, सर भी मेरे साथ ही चल दिए थे, अभी आते ही होंगे।" विभा कुछ लज्जित-सी अन्दर आ गयी और खाने की तैयारी में लग गई। तभी साइकिल की घंटी की आवाज सुनाई दी और थोड़ी ही देर में पसीने से तर विनय उसके सामने खड़ा था। धूप से उसका चेहरा लाल हो रहा था। विभा के मुख पर उदासी देखकर तुरन्त बोला, "क्या बात है, तुम उदास क्यों हो? स्वाति कहाँ है?"

"स्वाति सो रही है, तुम हाथ मुँह धोकर खाना खाने आ जाओ। आज एक जरूरी बात कहनी है।"

"हाँ, अब बताओ क्या बात है।" कुर्सी पर बैठते हुए विनय ने कहा तो विभा बोली, "पहले बताओ मनोगे या नहीं।" "तुम्हीं बताओ हमने तुम्हारी कोई बात आज तक टाली है?" "तुम एक स्कूटर ले लो हमें अच्छा नहीं लगता कि तुमसे जूनियर लोग ठाठ से स्कूटर पर आते हैं और इतनी गर्मी में तुम साइकिल पर दफ्तर जाते हो।" "बात तो ठीक है मेरी रानी, तुम नरेन्द्र की बात कह रही हो ना, लेकिन मध्यम श्रेणी के परिवार का होते हुए भी वह केवल दो भाई और दो बहनें हैं, बड़े

भाई इंजीनियर हैं और दोनों बहनों की शादी हो चुकी है, कोई जिम्मेदारी उसके ऊपर नहीं हैं। मुझे तो..."

"'पाँच-पाँच बहनों की शादी करनी है,' यही कहोगे ना? अपने लिए मैं कुछ नहीं माँगती पर चाहे कुछ हो, मेरी यह बात तो तुम्हें माननी ही पड़ेगी वरना..." कहते-कहते विभा की आँखें भर आयीं और वह सुबकने लगी।

"अरे अरे, यह क्या कर रही हो? तुमने तो अपना ब्रह्मास्त्र चला दिया। भई, तुम्हारी आँखों में आँसू मैं नहीं देख सकता। आज ही स्कूटर के लिए और साथ ही जी.पी.एफ. से पाँच हजार रुपये के ऋण के लिए आवेदन पत्र भेज दूँगा। वैसे अपनी शादी के लिए जी.पी.एफ. से जो ऋण लिया था उसकी अन्तिम किश्त पिछले महीने ही दी है।" कहते हुए विनय उठकर कुल्ला करने के लिए गुसलखाने की ओर बढ़ गया।

"राम सिंह जरा बेबी के दूध की शीशी लाना," स्वाति के रोने की आवाज सुनकर विभा बेडरूम की ओर भागी।

विनय के ऑफिस से आने का समय था। स्वाति के साथ बाहर बरामद में आँख मिचौनी खेल रही थी। स्वाति लगभग डेढ़ वर्ष की हो गई थी। तभी विनय आ गया। "पापा पापा" कहती हुई स्वाति तुरन्त उसकी गोद में चढ़ गयी। विनय उसे गोद में लेकर अपनी सारी थकान भूल गया।

"विभा जरा जल्दी से चाय पिलवाओ, फिर कहीं घूमने चलेंगे। आज एक ऐसी खबर लाया हूँ जिसे सुनकर तुम खुश हो जाओगी। जी.पी.एफ. से ऋण की स्वीकृति आ गई। सरकारी कोटे से स्कूटर भी शीघ्र ही मिल जायेगा, फिर तो हम लोग दूर-दूर सैर करने जाया करेंगे, क्यों स्वाति बिटिया, ठीक है ना?" स्वाति ने भी जैसे सबकुछ समझकर सिर हिला दिया और जोर से हँस दी। "फिर तो बस मजा ही आ जायेगा" कहते हुए विभा चाय बनाने चली गई।

तभी एक दिन पिताजी का पत्र आया, "ऊषा की शादी के लिए लखनऊ वालों की मंजूरी आ गयी है। 4 नवम्बर शादी की तारीख

निकली है। तैयारी के लिए समय बहुत कम है। संभव हो तो बहू रानी और स्वाति को जल्दी ही भेज दो और तुम भी रूपयों का बन्दोबस्त करके कम से कम एक महीना पहले आ जाओ। अपने साथ कैंटीन से सिलाई की मशीन, रेडियो, प्रेशर कुकर और लड़के को दरवाजे पर देने के लिए घड़ी जरूर लेते आना। तुम्हारी माँ तुम सबको आशीर्वाद लिखवाती है। तुम्हारा पिता।"

ऑफिस के ही एक सज्जन छुट्टी पर जा रहे थे, अतः विनय ने उन्हीं के साथ विभा और स्वाति को उन्नाव भेजने का प्रबन्ध कर दिया। चलते समय दो हजार रुपये देते हुए कहा, "लो यह रुपये संभालकर रख लो, जाते ही पिताजी को दे देना। कुछ दिन में जी.पी.एफ. वाला पैसा आ जायेगा, वह मैं अपने साथ लेता आऊँगा।"

उन्नाव आकर सारा समय तैयारियों में ही निकल गया। विभा की जिठानी व उनके दोनों बच्चे उसके आने से एक सप्ताह पहले ही आ गये थे। बीस दिन पहले विनय भी आ गया। विनोद भाईसा छुट्टी ना मिलने के कारण जल्दी नहीं आ सकते थे। शादी की खरीदारी आदि करने तीनों साथ ही जाते थे। पिताजी व माँ जी तो केवल 'क्या क्या सामान आना है' इसकी लिस्ट बनाना जानते थे, उसके लिए पैसा कहाँ से आयेगा, इसके बाद भी अभी चार लड़कियों की शादी करनी है, और रिटायर होने में केवल पाँच साल बाकी हैं– यह सब सोचने की जरूरत उन्होंने कभी समझी ही नहीं। शायद इसीलिये कि जिसके दो दो कमाऊ पूत हों उन्हें क्या चिन्ता? विभा चुपचाप सब देखती और कभी-कभी अपने घर की याद करती कि भाई बहनों की शादी के समय बाबूजी कैसे सबसे पहले बजट बनाकर उसके अनुसार ही सब काम करते थे। अपनी जिम्मेदारियों का भार कभी लड़कों पर नहीं छोड़ा उन्होंने। यद्यपि सभी को अच्छी से अच्छी शिक्षा दिलाने में कोई कसर नहीं छोड़ी और सभी भाई अच्छे सरकारी पदों पर नियुक्त हैं। बहनों की शादी भी अच्छे घरों में की, दान दहेज में भी कोई कमी नहीं होने दी किन्तु यहाँ तो बिल्कुल विपरीत ही था सब कुछ। अर्थशास्त्र का प्राध्यापक होने के बावजूद भी पिताजी को 'बजट' शब्द से जैसे चिढ़ थी। विनय अगर दबी

जबान से भी कुछ कहता तो दोनों का पारा आसनान पर चढ़ जाता। हाँ, द्वारचार के समय वह क्या पहनेंगे, अलबत्ता इसकी चिन्ता उन्हें जरूर थी और इसके लिए बन्द गले का कोट और बढ़िया पैंट उन्होंने पहले ही सिलवा ली थी। विनय तो इस विषय में इतना लापरवाह है कि बारात आने के समय जो कपड़े पहन लिए वह विदाई के बाद फर्नीचर, क्राकरी, शामियाना आदि लौटाने व सारे बिल चुकाने के बाद ही बदलने का होश आया। एक सप्ताह बाद जब उन्होंने चलने की तैयारी की तो पैर छूते समय माँ जी ने वही आशीर्वचन दोहरा दिये जिनका अर्थ विभा अब अच्छी तरह समझ गई थी।

ट्रेन अनेक छोटे बड़े स्टेशनों, छोटे-छोटे गाँवों, कस्बों, हरे भरे खेतों व जंगलों को पार करती हुई तीव्र गति से आगे बढ़ती जा रही थी। खिड़की से बाहर देखती हुई विभा को न जाने कैसे अचानक ही विनय के स्कूटर का ध्यान आ गया और साथ ही माँ जी का वाक्य "बेटी बड़ी-बड़ी जिम्मेदारियाँ...।" सोचते-सोचते उसे चक्कर सा आ गया। अभी तो चार स्कूटरों का ऋण चुकाने के बाद ही विनय के स्कूटर का नम्बर आ पायेगा। तभी स्वाति के रोने की आवाज ने उसे चौंका दिया जो सोते-सोते शायद कोई स्वप्न देखकर जाग गई थी।

# 2

# अनुत्तरित प्रश्न

रात पूरी तरह से गहराई भी न थी, मुश्किल से आठ बजे होंगे किन्तु गाँव में घटाटोप अंधेरा और बिल्कुल सन्नाटा छाया हुआ था। यदा-कदा कुत्तों के भौंकने की आवाज अथवा किसी अति आवश्यक कार्यवश घर पहुँचने में देर हो जाने के कारण किसी अज्ञात भय से आक्रान्त, सतर्कतापूर्वक इधर-उधर देखकर तेजी से कदम बढ़ाते हुए इक्का-दुक्का लोगों से ही यह आभास मिलता था कि यहाँ भी बस्ती है, लोग रहते हैं। यह देश के उसी सबसे सम्पन्न और किसी समय में खुशहाल पंजाब प्रान्त का गाँव है जहाँ पूरे हरे-भरे खेत लहलहाते हैं, मीलो निकल जाने पर भी खाली भूमि दिखाई नहीं देती, किसान एक वर्ष में तीन-तीन फसल काटते हैं और गेहूँ को 'कनक' कहते हैं। वास्तव में यही कनक तो सच्चा सोना है जो गरीब को भी रोटी देता है अन्यथा बड़े-बड़े पूंजीपतियों और साहूकारों की तिजोरियों में बन्द या उनकी सेठानियों की कभी न तृप्त होने वाली आभूषणों की लालसा को क्षणिक रूप से शान्त करने वाले 'कनक' से बेचारे गरीबों का क्या वास्ता?

किन्तु दुर्भाग्यवश पिछले कई वर्षों से यह प्रदेश नृशंस आतंकवाद के जटिल पंजों में बुरी तरह से जकड़ा हुआ है, जहाँ सम्पन्नता तो है पर पहले जैसी खुशहाली नहीं है। जहाँ पहले देर रात तक लोगों के कहकहों के बीच ढोलक की धाप के साथ भांगड़ा और गिद्धा की बोलियों के स्वर गूंजते रहते थे, वहीं अब अंधेरा होने से पहले ही घरों के दरवाजे बन्द हो जाते हैं। रात के सन्नाटे में कदमों की आहट मात्र से ही लोगों के मन में भय और आशंका की लहर दौड़ जाती है। कोई नहीं जानता किस समय कहाँ से क्रूर आतंकवादी आ जायें और न जाने क्या कर बैठें? आधी रात को यदि घर की महिलाओं को कुछ अज्ञात

व्यक्तियों के लिए केवल भोजन बनाने मात्र से ही छुटकारा मिल जाये तो वे चैन की सांस लेती हैं अन्यथा...।

ऐसी ही उस रात को केवल गाँव के सबसे बड़े जमींदार व मुखिया सरदार गुरदयाल सिंह के घर में ही कुछ रोशनी थी। सरदार जी नियमानुसार समय से भोजन करके सोने के लिए लेट गये थे। सरदारनी भोजन की थाली लगाकर बेटे गुरमिन्दर का इन्तजार कर रही थी। बहू हरप्रीत कौर नन्हे से बेटे को सुला रही थी। "माँ जल्दी से खाना दे बहुत भूख लगी है," कहते हुए गुरमिन्दर हाथ धोकर आ गया और खाने बैठा ही था तभी सरदार जी ने घर के पुराने नौकर के विषय में पूछा, "गोबिन्दा अभी तक नहीं आया, कहाँ गया है?" सरदारनी ने दरवाजे की तरफ देखा और अंधेरे में ही किसी को अन्दर आते हुए देखकर थाली में रोटी परोसते हुए जवाब दिया, "लो जी आ गया।" किन्तु दूसरे ही क्षण छोटे कद के सांवले गोविन्दा की जगह लम्बे चौड़े खुली दाढ़ी वाले बन्दूकधारी जवान को वह देखती ही रह गयी, वाहे गुरू यह क्या मुसीबत आ गई? किन्तु उन्होंने धीरज नहीं छोड़ा, आवाज को यथासम्भव स्थिर करते हुए पूछा, "कौन हो भाई, किससे काम है?"

"बीजी, हम आप ही के पास एक जरूरी काम से आये हैं।"

"अरे पहले पता तो कर ले ठीक ही जगह है, कहीं गलत घर में तो नहीं आ गये हैं।" यह सुनने के बाद ही सबने ध्यान दिया कि दरवाजे के पास एक और बन्दूकधारी भी उतनी देर से चुपचाप खड़ा था। अपने साथी की बात सुनकर पहले उसने सरदार जी की ओर मुड़कर कहा, "सरदारजी, सत्श्री अकाल।"

"बैठो पुत्तर क्या बात है, किससे मिलना है?" सरदारजी ने जो बड़े ध्यान से स्थिति का जायजा ले रहे थे अपने पलंग के पास ही रखी कुर्सी की ओर इशारा करते हुए कहा, "आप लोग कहाँ से आये हैं? पहले कभी इस गाँव में आपको नहीं देखा।"

"हाँ जी, इधर की तरफ पहली बार ही आना हुआ है। आप ही सरदार गुरदयाल सिंह जी हैं ना?"

"हाँ जी, आपने ठीक ही पहचाना, कहिये आपकी क्या सेवा कर सकता हूँ? खाना तैयार है आप भी खाइये।"

अजनबी की घर के सदस्यों जैसा आवभगत और आत्मीयतापूर्ण व्यवहार पंजाब के लोगों का सहज स्वभाव है। राहगीर भी यदि प्यास बुझाने के लिए पानी मांगे तो लस्सी या चाय पेश की जाती है। "सरदारजी खाना बाद में, पहले हमें आपसे कुछ जरूरी बात करनी है। हमारे छह साथियों को पुलिस ने गिरफ्तार कर रखा है। आपके साढ़ू उसी जेल के एस.पी. हैं। आप किसी तरह से उन्हें छुड़वा दीजिये। वरना पुलिस वाले उनकी जान ले लेंगे।" "लेकिन आप लोग भी भोले और निरपराध लोगों को मार देते हैं। उससे आपको क्या मिलता है? वाहे गुरू सबको देखने वाला है उससे तो डरना चाहिये। हम आपकी मदद करने की पूरी काशिश करेंगे। वैसे एस.पी. साहब भी बहुत भले सज्जन पुरूष हैं।"

"बस यह बात हमें करनी थी, कहते हुए वह रसोई की ओर मुड़ गया। वहाँ गुरमिन्दर, उसकी माँ और पत्नी—तीनों बड़े ध्यान से सब बातें सुन रहे थे। अपनी ओर आते देख सरदारनी ने समझा कि अब ये भोजन करेंगे और बहू से कहा, "बेटी दो थाली और लगा दें" किन्तु वह बोला कि "खाना हम खाकर आये हैं, हम तो इसे अपने साथ ले जायेंगे।" उसका इशारा गुरमिन्दर की ओर था। "भाई तू जल्दी से रोटी खा ले फिर हमारे साथ चल।"

इतना सुनकर हरप्रीत तो मारे घबराहट के रोने लगी किन्तु सरदारनी ने धैर्य नहीं छोड़ा, कहने लगी, ''पुत्तर इसे ले जाकर क्या करोगे? सरदारजी ने तुम्हारे काम करने के लिए कह तो दिया है, क्या इतना काफी नहीं है?''

"नहीं जी, इसका साथ जाना बहुत जरूरी है, लेकिन आप फिकर न करो, हम इसका कुछ नहीं बिगाड़ेंगे। काम पूरा होते ही इसे सही सलामत वापस पहुँचा देंगे।" शोरगुल सुनकर बच्चे भी जाग गये। माँ को रोते देखकर दोनों बेटियाँ भी जो आठ और पाँच वर्ष की थी रोने लगीं।

"बेटी रोओ नहीं, तुम्हारे पापा जल्दी ही घर आ जायेंगे।"

"चल भाई, जल्दी कर देर हो रही है।" गुरमिन्दर थाली छोड़कर भूखा ही उठ गया। ऐसी परिस्थिति में भला खान किसे अच्छा लगता? सरदारजी ने बीच में आते हुए इतना तक कहा, 'इसे छोड़ दो मुझे ले चलो।"

किन्तु वह नहीं माना "आप चिन्ता मत करना, हमारी आपसे कोई दुश्मनी नहीं है। हम इसका कुछ नहीं बिगाड़ेंगे" कहते हुए गुरमिन्दर को साथ लेकर वे बाहर निकल गये। उसने बाहर आने पर देखा कि उनका तीसरा साथी ए.के. राइफल लेकर बरामदे में खड़ा था। सुविधा के लिए इन तीनों को क्रमशः जरनैल सिंह, करनैल सिंह और कप्तान सिंह सम्बोधित करेंगे।

गुरमिन्दर का स्कूटर जो वहीं खड़ा था, करनैल सिंह ने सम्हाल लिया और पूछा, "दूसरा स्कूटर कहाँ है?" मतलब यह कि वे इस घर के विषय में पूरी जानकारी प्राप्त करके आये थे। उन्हें मालूम था इनके पास दो स्कूटर हैं। बस दोनों स्कूटर लेकर कप्तान सिंह ने गुरमिन्दर को पीछे बैठाया और दूसरे पर बाकी दोनों सवार हुए और रात के सन्नाटे को चीरते हुए बाहर निकल गये।

काफी दूर निकल जाने पर उन्होंने दोनों स्कूटर सड़क के किनारे छोड़ दिये ओर खेतों के बीच से जाने वाली पगडंडी पर टॉर्च की रोशनी के सहारे चल दिये। बचपन में ही ट्रैक्टर के नीचे आ जाने के कारण गुरमिन्दर का बांया पैर ठीक नहीं था। इस कारण वह थोड़ा लंगड़ा कर चलता था और ज्यादा दूर पैदल चलना उसके लिए संभव नहीं था अतः थोड़ी दूर चलने के बाद उसने तो हथियार डाल दिये, "भाई साहब, आप तो देख ही रहे हैं ज्यादा पैदल चलना मेरे बस की बात नहीं है। मैं और अधिक नहीं चल सकता।"

"यह तो तूने हमारे लिए मुसीबत ही खड़ी कर दी। अब इस आधी रात को तेरे लिए गाड़ी कहाँ से आयेगी। जरनैल सिंह ने परेशान होते हुए कहा, "पर कुछ तो करना ही पड़ेगा। यहाँ से पास ही एक गाँव है। रात वहीं बितायेंगे कल सुबह देखा जायेगा। बस किसी तरह वहाँ तक चल, इतनी मेहरबानी कर दे।" सचमुच ही जरा सी देर में ही एक

गाँव आ गया। लगता था कि इस इलाके का चप्पा-चप्पा उन्होंने छान रखा था। जो सबसे पहला घर आया वे उसी का दरवाजा जोर-जोर से खटखटाने लगे। कुछ देर बाद एक वृद्ध ने दरवाजा खोला। उसके चेहरे पर भय और आतंक की स्पष्ट छाप थी। इतनी रात गये दरवाजे पर दस्तक किसी आपत्ति की सूचना के अतिरिक्त और क्या हो सकती है? वृद्धावस्था और भय के कारण कांपते स्वर में उसने पूछा, "कौन है?" करनैल सिंह ने उसके प्रश्न की उपेक्षा करते हुए आगे बढ़ कर अधिकार पूर्वक कहा– "हमें आज की रात यहीं बितानी है। थके हुए हैं, बस चाय पियेंगे और जल्दी से हमारे सोने का बन्दोबस्त कर दो।"

वृद्ध ने अन्दर जाकर अपनी पत्नी से चाय बनाने के लिए कहा और फिर बाहर के कमरे का सामान एक तरफ करके सोने के लिए जगह बना दी। मन ही मन वह खुश था कि 'चलो इतने पर ही बीती।' सोते समय तीनों ने अपने हथियार पास ही में रख लिए और थोड़ी देर में खर्राटे भरने लगे। किन्तु गुरमिन्दर बहुत देर तक जागता रहा। रह-रहकर उसकी आँखों में सामने माता-पिता, पत्नी व बच्चों के चेहरे आ जाते थे। उनकी मन:स्थिति और परेशानी की कल्पना उसे सोने नहीं दे रही थी। पता नहीं ये लोग मेरे साथ क्या करेंगे? कब छोड़ेंगे, छोड़ेंगे भी या...? मेरे बाद बूढ़े माता-पिता, पत्नी व बच्चों का क्या होगा? यही सब सोचते न जाने कब उसकी आँख लग गई।

सुबह जागने पर उसने देखा कि वे तीनों उससे पहले ही उठकर चलने के लिए तैयार हो गये थे। घर की वृद्धा ने चाय और परांठे बना दिये थे। जल्दी से खा-पीकर वे वहाँ से चल दिये। कुछ ही दूर जाने पर एक घोड़ा गाड़ी दिखाई दी। जरनैल सिंह ने सोचा इसके लिए गाड़ी का बन्दोबस्त करना होगा वरना यह चलना मुश्किल कर देगा। अत: तुरन्त गाड़ी रुकवाई। बिचारा गाड़ी वाला चुपचाप रुक गया। तीनों हथियारबन्द सरदार जवानों का विरोध करने की हिम्मत कहाँ से लाता? "घबराओ नहीं, कल शाम को यहीं से अपनी गाड़ी ले जाना। बस पुलिस को खबर न करना वरना तुम्हारी खैर नहीं।" फिर गुरमिन्दर से बोला, "आ भाई बैठ जा, वाहे गुरू ने तेरे लिए गाड़ी भेज दी। पर यार

तुझे लाकर तो हम बड़ी मुश्किल में फंस गये, हर समय हर जगह गाड़ी कहाँ से आयेगी?"

बस इसी तरह उनके साथ चलते-चलते कई दिन बीत गये। आज यहां तो कल का पता नहीं कहाँ रहना, खाना व सोना होगा? गुरमिन्दर इस तरह उनके साथ भटकते-भटकते तंग आ गया था। बस इतनी ही गनीमत थी कि उन्होंने उसे किसी तरह का कष्ट नहीं पहुँचाया। जो स्वयं खाया उसे भी साथ में खिलाया। उसके पैर में तकलीफ है यह जानने के बाद कभी पैदल चलने के लिए मजबूर नहीं किया। जिस दिन किसी "खास" काम के लिए जाते तो उसके पास एक आदमी छोड़कर जाते थे वरना उसे हर जगह साथ ही ले जाते थे। केवल एक दिन न जाने क्या सोचकर गाँव के बाहर पम्प हाउस में उसे अकेला छोड़कर चले गये। वापस आने पर उसे वहीं पा कर कहने लगे, "यार, तू है बड़ा भला आदमी, आज भागने का अच्छा मौका था पर तूने तो कोशिश भी नहीं की।"

गुरमिन्दर ने हँसते हुए कहा, "अरे भाई जब तुमने मुझे भाई कहा है तो मुझे भागने की क्या जरूरत है?" किन्तु मन ही मन सोचा कि 'अभी ऐसे कह रहे हैं पर इन्होंने जरूर मेरी निगरानी के लिए कुछ ना कुछ बन्दोबस्त किया होगा। मैं वैसे भी तेज नहीं भाग सकता, कोशिश करता और पकड़ा जाता तो ये जरूर मार ही देते।' उसे स्वयं से अधिक घरवालों की चिन्ता थी। पता नहीं वे किस हाल में होंगे? खाली बैठे-बैठे यही विचार उसे चैन नहीं लेने देते थे।

इसी तरह कई दिन बीत गये। तभी उस दिन जरनैल सिंह ने आकर खबर दी, "हमारा काम हो ही गया है। परसों सुबह मल्लनपुर के चौराहे के पास वाले बड़े जामुन के पेड़ के नीचे तुझे छोड़ देंगे। तेरे घरवालों से बात हो गई है। वे सुबह सात बजे वहाँ से ले जायेंगे।" और सचमुच दूसरे ही दिन कहीं से एक स्कूटर ले आये थे। अगली सुबह चार ही बजे उसे जगाया, चाय पिलाई और मेजर सिंह ने स्कूटर पर बैठाकर उसे नियत स्थान पर ले जाकर छोड़ दिया।

"अभी तो पांच भी नहीं बजा, वे तो सात बजे आयेंगे, मैं तब तक यहाँ बैठे-बैठे क्या करूँगा, सोचता हूँ बस से ही निकल जाऊँ।"

"ना-ना भाई, बस से बिल्कुल मत जाना। वे लोग आयेंगे और तुझे न पाकर परेशान हो जायेंगे। अतः यहीं बैठकर उनका इन्तजार करना।"

कहते हुए मेजर सिंह ने स्कूटर स्टार्ट किया और कुछ ही पलों में उसकी आँखों से ओझल हो गया किन्तु उसके इन शब्दों ने गुरमिन्दर को अन्दर तक झकझोर दिया और वह गहन विचारों में डूब गया। ये तो क्रूर कठोर हृदय वाले आतंकवादी हैं जिन्हें निर्दोष व्यक्तियों की हत्या करने में एक पल भी नहीं लगता, फिर इसे मेरे घरवालों की परेशानी की चिन्ता क्यों हो रही थी? क्या इनमें भी मानवता का कुछ अंश शेष रह गया है? तभी उसे खयाल आया, आखिर ये भी तो मेरे ही समान युवक हैं। इन्हें भी जन्म देने वाले माता-पिता होंगे जिन्होंने बड़ी उम्मीदों के साथ इन्हें यत्नपूर्वक बड़ा किया होगा, इनकी पत्नियाँ अपने भविष्य के स्वप्नों को साकार होता हुआ देखने की कामना लिए हुए इनकी राह देखती होंगी, एकान्त क्षणों में इन्हें भी अपने घर-परिवार, पत्नी व बच्चों की याद कभी तो आती ही होगी। फिर वह कौन-सी विवशता है जिसके कारण ये आतंकवादी बन कर इस प्रकार भटकने और निर्दोष, निरपराधों की नृशंस हत्या तथा अनेक जघन्य अपराध क्षण मात्र में ही कर डालते हैं? बहुत देर तक गुरमिन्दर मन में उभरते हुए इन प्रश्नों का उत्तर ढूँढ़ने का असफल प्रयत्न करता रहा।

# 3
# अंतहीन सिलसिला

सुबह कोइ सवा दस बजे का समय होगा। बच्चों को स्कूल भेजने और पति के दफ्तर जाने के पश्चात् अस्त-व्यस्त घर को व्यवस्थित करके नहाने जाने की तैयारी कर ही रही थी कि अचानक कालबेल बज उठी। उत्तर भारत से सैकड़ों मील दूर असम प्रदेश के इस अनजान शहर तेजपुर में आए हुए अभी दो माह भी नहीं बीते थे और यह समय भी घर को व्यवस्थित करने और बच्चों को स्कूल में दाखिला करवाने की दौड़-धूप, फिर उनकी यूनिफार्म व पुस्तकों की खरीददारी व तैयारी में ही व्यतीत हुआ था। वहाँ के लोगों से मुलाकात एवं जान-पहचान करने का अवसर नहीं मिला था। अत: इस समय न जाने कौन आया होगा? इसी कौतूहल के साथ दरवाजा खोलने पर जब एक नवयुवती "आन्टी आन्टी" कह कर लिपट गई तो मेरे आश्चर्य की सीमा न रही। सम्भवत: चेहरे के भावों को समझ कर ही वह बोली, "आन्टी आपने मुझे पहचाना नहीं?" स्मरण शक्ति पर जोर डालते हुए जब मैंने कहा अरे शालिनी, "तू यहाँ कैसे?" तब बीस-बाईस वर्षीया सांवली, तीखे नैन वाली क्षीणकाय वह युवती कुछ हताश सी हुई कहने लगी, "नहीं आन्टी, मैं मीना हूँ मीना। आपको याद नहीं जब मऊ में आप शादी के बाद पहली बार अंकल के साथ आई थी। आपके घर से तीन घर छोड़कर ही हमारा घर था। मेरे पापा दीनानाथ श्रीवास्तव तब मेजर थे। उसके बाद कर्नल बनकर अब तो रिटायर हो चुके हैं।" सात-आठ वर्ष का अतीत धीरे-धीरे मेरे सामने आने लगा था। शादी के बाद एकदम नई जगह पहुँचने पर आशीष ने मित्रों व उनके परिवारों से मेरा परिचय करवाने के उद्देश्य से बारी-बारी सबके घर जाने का निश्चय किया था। श्रीवास्तव परिवार के विषय में कुछ जानकारी बगल वाली नीलिमा से

बिना पूछे ही मिल गयी थी। बात ही कुछ ऐसी थी जो पहली मुलाकात में कुछ इधर-उधर की चर्चा के बाद बताए बिना शायद वह रह न सकी, "आप सुनकर हैरान होंगी कि मिसेज श्रीवास्तव भी ड्रिंक करती है। दोनों प्रतिदिन एक दो पैग लेने के बाद ही रात्रि का भोजन करते हैं। बेटा नहीं है, चार बेटियाँ हैं जो सिनेमा देखने और घूमने-फिरने में ही समय बिताती हैं। कालेज और पढ़ाई का तो बहाना ही है। और सुनो," नीलिमा ने जरा धीरे से कहा, "सबसे बड़ी मीना का तो किसी लड़के से प्रेम का चक्कर भी है।" सुनकर मन में लड़कियों के प्रति सहानुभूति की ही भावना जागृत हुई। बच्चे माता-पिता को अपना आदर्श मानकर उनका अनुकरण करते हैं। उनकी ओर से उचित मार्गदर्शन के अभाव में पथभ्रष्ट हो जाना स्वाभाविक ही है। यह सब सुनकर मैंने तो उनके घर जाने का विचार छोड़ दिया था किन्तु आशीष का कहना था कि कालोनी में कम से कम एक बार सभी के घर जाना जरूरी है, और फिर सुनी सुनाई बातों में किसी के प्रति बुरी धारणा बनाना उचित भी नहीं है। यही सोचकर हम उनके घर भी गए किन्तु रुचियों और विचारों की भिन्नता के कारण, हमारा यह परिचय औपचारिक ही रहा, घनिष्टता में परिणित न हो सका। एक वर्ष बीतने से पहले ही हमारा स्थानांतरण हो गया, और सात साल के अन्तराल में कश्मीर, मणिपुर आदि कई स्थानों में रहने के बाद हम लोग तेजपुर आये थे। इस बीच तीनों बच्चों के आगमन से मैं घर-गृहस्थी में पूर्णतया व्यस्त थी। मीना के आकस्मिक आगमन ने कुछ देर के लिए मानो अतीत में पहुँचा दिया और मुझे ये भी ध्यान नहीं रहा कि आवभगत करना तो दूर मैंने उसे बैठने के लिए भी नहीं कहा है। "आओ बैठो, अपने सभी हाल सुनाओ, मम्मी पापा कहाँ और कैसे हैं, छोटी बहनें क्या कर रही हैं, यहाँ कैसे आना हुआ?" भूल सुधारने का प्रयत्न करते हुए मैंने प्रश्नों की झड़ी सी लगा दी।

"आन्टी यह तो बड़ी लम्बी कहानी है।"

"तब तो मैं चाय बनाकर लाती हूँ, तुम तब तक एलबम देखो और गुलाम अली की गजलें सुनो।" कैसेट लगाकर मैं अन्दर चली गई।

चाय बनाती हुई मैं यही सोच रही थी कि माथे की बिंदिया, व सिन्दूर से तो मीना विवाहित तो लग रही है किन्तु चेहरे पर वह रौनक व उत्साह नहीं है जो इस आयु की युवतियों में होना चाहिए। कुछ कमजोर और बुझी-बुझी-सी लग रही थी। मीना उन दिनों बारहवीं कक्षा की छात्रा थी। अपनी कक्षा के सुनील से उसे प्रेम हो गया था। वस्तुतः प्रेम के बदले उसे किशोरावस्था में स्वाभाविक पारस्परिक आकर्षण कहना अधिक उपयुक्त होगा। बिना सोचे-विचार मात्र भावुकता में आकर निर्णय लेने वाली उस अपरिपक्व आयु में माता-पिता के विरोध और समझाने के बाद भी दोनों ने कोर्ट में जाकर शादी कर ली। कानून के अनुसार दोनों वयस्क थे अतः कोई कुछ नहीं कर सकता था। इसके बाद का घटनाक्रम कुछ ऐसा ही था जो प्रायः हिन्दी फिल्मों में देखने को मिल जाता है। सुनील के पिता आयकर विभाग में मामूली से पद पर कार्यरत थे। बड़े परिवार में बच्चों के समुचित विकास और पढ़ाई लिखाई पर ध्यान देने का समय ही नहीं था। माँ भी स्वभाव से कर्कशा तो थी ही, अभावों से ग्रस्त गृहस्थी की भार ढोते-ढोते और भी चिड़चिड़ी हो गई थी।

ऐसी स्थिति में सुनील का कालिज जाने का उद्देश्य पढ़ाई न होकर घर के बोझिल वातावरण से कुछ समय के लिए दूर भागना व छात्राओं से छेड़छाड़ करना ही था। घुँघराले बाल, लम्बा कद और गोरा रंग होने के कारण व्यक्तित्व उसका जरूर आकर्षक था। शायद इसी ने मीना को मोह लिया था। सुनील के माता-पिता ने बड़ी कठिनाई से मीना को बहू के रूप में तो स्वीकार कर लिया किन्तु इच्छा के विरुद्ध विवाह, ऊपर से दहेज का अभाव उनकी आशाओं और कल्पनाओं को साकार न कर सका जो बड़े बेटे के विवाह से उन्हें थी। वह तो सुनील के ससुराल से प्राप्त होने वाले धन से अपनी गरीबी मिटा देने का स्वप्न देख रहे थे। अतः मीना को उस घर में उपेक्षा और तिरस्कार ही मिला। कल्पना की ऊँची उड़ानों से गिरकर वह यथार्थ के कठोर धरातल पर आ पहुँची थी। बेरोजगार सुनील भी विवश होकर कुछ देखता और सहन कर लेता था। समुचित शिक्षा और योग्यता के अभाव में अच्छी नौकरी पाने की

आशा भी स्वप्न मात्र थी। लाचार मीना ने साहस करके माता-पिता का ही सहारा लिया। श्रीवास्तव साहब बेटी का दुःख देख न सके, आखिर पिता जो थे! फिर मीना उनकी पहली सन्तान थी, उसके प्रति उनका स्नेह कुछ अधिक ही था। अतः बेटी दामाद के प्रति सारी नाराजगी छोड़कर अपने एक मित्र से कहकर सुनील को हवलदार भरती करवा दिया। भाग्य की विडम्बना! सेना के एक उच्च अधिकारी की बेटी हवलदार की पत्नी बन गई! किन्तु बेरोजगारी और दिन प्रतिदिन बढ़ती महंगाई के इस युग में बारहवीं पास युवक के लिए इतना ही बहुत था। कम से कम जीवन यापन की न्यूनतम आवश्यकताओं की पूर्ति का सहारा तो हो ही गया था, साथ ही घर से इतनी दूर की नौकरी ने पारिवारिक क्लेश से भी छुटकारा दिलवा दिया था।

इसके पश्चात् हर दूसरे तीसरे सप्ताह मीना आ ही जाती थी। जीवन के कटु यथार्थ और कठिन परिस्थितियों ने असमय ही उसे आवश्यकता से अधिक गम्भीर बना दिया था जिसे देखकर कभी-कभी दया आती थी। एक दिन शाम को बच्चे लॉन में खेल रहे थे, मैं और मीना बरांडे में बैठे चाय पी रहे थे। बातों ही बातों में मैंने मीना से पूछा, "मीना अब तो तुम्हारे विवाह को कई वर्ष हो गए हैं। सुनील की नौकरी लग गई है। धीरे-धीरे तरक्की भी हो जाएगी। तुमने दो से तीन होने के विषय पर विचार किया या नहीं?" यह सुनकर तो वह और भी उदास हो गई। उसने बताया कि शादी के डेढ़ साल बाद ही उसने एक बेटी को जन्म दिया था किन्तु परिस्थितियाँ ऐसी थी कि उसके जन्म से पहले ना तो उसे समुचित देखभाल और पौष्टिक भोजन ही मिला और धनाभाव के कारण प्रसूति के लिए किसी अच्छे अस्पताल में जाना भी संभव न था। फलस्वरूप जन्म के कुछ ही समय बाद उसकी मृत्यु हो गई। कहते-कहते उसकी आंखें भर आईं। छोटी-सी आयु में उसे क्या-क्या देखना और सहना पड़ेगा, इसकी उसने पहले कभी कल्पना भी नहीं की होगी। किन्तु कालेज के चिन्तारहित, स्वच्छन्द जीवन को छोड़कर कोरी भावुकता में बहकर वह जिस मार्ग पर चल पड़ी थी यहाँ से लौटना तो क्या, पीछे देखना भी संभव न था। मैं उसे समझाने और

धीरज बँधाने का प्रयत्न कर ही रही थी तभी आशीष भी ऑफिस से आ गए। अपने सहकर्मी की बेटी होने तथा उसके जीवन की करुण गाथा जानने के कारण इनका भी मीना पर पर्याप्त स्नेह था। जीवन में सदा ही ऊँचा लक्ष्य रखकर उसे प्राप्त करने के लिए जी जान से जुट जाने वाले यह सम्पर्क में आने वाले सभी युवाओं को भी इसी के लिए प्रेरित करते रहे हैं। मीना को आगे पढ़ाई करके बी.एड. करने तथा सुनील को भी आगे बढ़ने के लिए उत्साहित करने की सलाह दी, जिससे शीघ्र पदोन्नति प्राप्त कर कुछ बन सके। उस दिन जाते समय मीना के चेहरे पर आश्वासन और कुछ करने का संकल्प था जिसे देखकर बहुत खुशी हुई।

पहले तीन बच्चों को बारी-बारी से खसरा निकला, फिर शिप्रा, शैली की वार्षिक परीक्षाओं की तैयारी में समय यों ही निकल गया। इस बीच न तो मीना आई और ना ही मुझे उसके विषय में सोचने का समय मिला। तभी एक दिन वे दोनों ही आए और जब बताया कि मीना ने इंटर की और सुनील ने बी.ए. की परीक्षा प्राइवेट देने के लिए फार्म भर दिये हैं, मार्च में परीक्षा है, अतः एक माह की छुट्टी लेकर घर जा रहे हैं तो यही लगा कि अब उन्हें नई दिशा मिल गई है और सुबह का भूला शाम को घर आ जाए तो वह भूला नहीं कहलाता। किन्तु क्या यह सब इतना आसान था?

मैं चाय बनाने के लिए अन्दर गई तो मीना भी पीछे-पीछे अन्दर आ गई। लग रहा था कि वह कुछ परेशान है और एकान्त में कुछ कहना चाहती है पर संकोचवश कह नहीं पा रही है। बार-बार पूछने पर उसने पर्स में से सोने की चेन निकाली। "आन्टी इसे बेचना है। क्या आपकी जान पहचान की कोई दुकान है जहाँ इसका उचित मूल्य मिल जाए। मैंने उसे समझाने का प्रयत्न किया कि इस महंगाई के जमाने में सोना खरीदना तो असम्भव ही है अतः जो पास में है उसे भी बेच देना बहुत बड़ी भूल होगी। यह तो स्त्री धन है। बहुत आड़े वक्त के लिए बचाकर रखने में ही समझदारी है। किन्तु उसका कहना था कि इतने समय बाद पहली बार वे लोग घर जा रहे हैं। अपनी प्रतिष्ठा, झूठी ही

सही, बनाए रखने के लिए सबके लिए कुछ उपहार ले जाना बहुत आवश्यक है अन्यथा सब क्या कहेंगे? सास और ननदें तो ताने दिए बिना नहीं मानेंगी। सुनील की छोटी सी आय में आने–जाने की किराए की रकम ही मुश्किल से बच पाई है।"

स्वयं हमारे लिए वह जगह नई थी और जेवरों के प्रति विशेष लगाव न होने के कारण ना तो खरीदने की आवश्यकता पड़ती है और ना ही इस महंगाई में सुनार की दुकान की ओर कदम बढ़ाने का साहस होता है। इस कारण इस विषय पर उसकी सहायता करने में अपनी असमर्थता प्रकट करते हुए मैंने झूठी शान और इज्जत के लिए दिखावे की इस संकीर्ण मानसिकता से बाहर निकलने की सलाह दी। जो भी हो, सुनील के घर वाले उसके भी अपने ही हैं, उनसे वास्तविकता छुपाने से अपनी ही हानि होगी और वह अपने एक मात्र स्वर्णाभूषण से भी हाथ धो बैठेगी। आवश्यक खर्चों के लिए कुछ रुपये देने की मेरी काफी कोशिश के बाद भी वह लेने के लिए तैयार नहीं हुई। अधिक जोर देकर उसके स्वाभिमान को ठेस पहुँचाना मैंने उचित नहीं समझा। वस्तुतः इसके लिए मन ही मन उसकी प्रशंसा कर रही थी। क्या पता यही स्वाभिमान भविष्य में ऐसा कुछ करने के लिए प्रेरणा बन जाए कि अपनी मेहनत और लगन से वह न केवल स्वयं आत्मनिर्भर बन जाए बल्कि सुनील के लिए भी जीवन के संघर्ष से जूझने के लिए संबल बन सके।

उन दोनों के जाने के बाद मैं यही सोचती रही कि यों तो प्रेम की यह भावना शाश्वत और चिरंतन है, युगों से शीरी फरहाद, हीर रांझा, सोहनी महिवाल और न जाने कितने प्रेम युगलों की कहानियाँ सुनते चले आए हैं। आये दिन आधुनिक लैला मजनूंओं के असफल प्रेम, इसी कारण हत्या या आत्महत्या आदि के चर्चे समाचार पत्रों में पढ़ने अथवा सुनने को भी मिल जाते हैं। क्या ही अच्छा हो यदि इस पवित्र भावना की गहराई और जीवन के यथार्थ को भली–भाँति समझने और दोनों में सामंजस्य स्थापित करने योग्य बनने के बाद ही इस दिशा में कदम बढ़ाए जाएं तो दो जीवन इस प्रकार भटकने से तथा दो परिवारों का

सुख–शान्ति नष्ट होने से बच जायें। किन्तु 'प्रेम अन्धा होता है' अथवा प्रथम दृष्ट्या प्रेम भी जीवन के यथार्थ हैं। ऐसा प्रेम किया नहीं जाता बस हो जाता है। इसमें इसका परिणाम या भविष्य क्या होगा, यह सब सोचने विचारने का समय या गुंजाइश ही कहाँ रहती है?

इसके पश्चात् हमारा स्थानांतरण हो गया। मीना से तो फिर मुलाकात नहीं हुई किन्तु आज कई वर्ष बाद यद्यपि स्थान, परिस्थितियाँ बदल चुकी हैं, पिछले दो वर्ष से हम लोग आतंकग्रस्त पंजाब के इस सीमावर्ती शहर में हैं। शिप्रा व शैली पढ़ाई के लिए हॉस्टल में हैं किन्तु संयोगवश समय लगभग वही था. दीपक स्कूल जा चुका था और आशीष कई दिन से टूर पर ही है। रेडियो से प्रसारित सितार पर राग देसी की स्वर लहरी के सहारे अकेली ही नाश्ता करने बैठी ही थी कि तभी बेल बज उठी। दरवाजा खोला तो सामने मिसेज ग्रोवर खड़ी थीं। उनका एक दम सफेद चेहरा देखकर तो यही लगा जैसे महीनों से बीमार हों। फिर असमय ही उन्हें देखकर मैं घबरा गई। दो दिन पहले ही तो मनमीत के आग्रह पर वह उससे मिलने पटियाला गई थीं। वहां से मुझे फोन भी किया था कि उनके घर का फोन खराब है और किसी कारणवश उन्हें वहां अधिक रुकना पड़ रहा है। इसकी सूचना मैं उनके घर भिजवा दूँ, जिससे बेटा जो घर में अकेला है, परेशान न हो।

"क्या बात है मिसेज ग्रोवर, आप बहुत परेशान लग रही हैं, मनमीत कैसी है? आपने तो देर से आने के लिए कहा था। इतनी जल्दी वापस कैसे आ गईं?"

मनमीत का नाम सुनते ही क्रोध व आवेश से कांपने लगीं, "उसका नाम मेरे सामने मत लीजिए, उसने हमें कहीं का नहीं रखा," कहते–कहते उनकी आँखों में आंसू आ गए।

"तब तक चाय बनाती हूं, फिर बैठकर बातें करेंगे।" मैंने कहा।

"हां चाय तो जरूर पीनी है। कल शाम को ही हम लोग वापस लौटे हैं। रात भी सो नहीं सकी। अपनी बात कह लेने से मन हल्का हो जाएगा इसीलिए सुबह–सुबह आपके पास चली आई।"

आगे की घटना के पात्र चाहे भिन्न हों पर यह सिलसिला अन्तहीन है। मिसेज ग्रोवर का संक्षिप्त परिचय देकर बात आगे बढ़ानी होगी। संयोग देखिये कि यह भी हमारे घर से तीन घर छोड़कर चौथे में रहती हैं। मि. ग्रोवर चीफ इंजीनियर हैं, साथ ही पुरखों की जमीन जायदाद के कारण पैसे की कोई कमी नहीं है। पटियाला में निजी बहुत बड़ा मकान है, जब जाते हैं उसी में रहते हैं। बेटा सुमित दीपक के ही साथ स्कूल में पढ़ता है और मनमीत पटियाला विश्वविद्यालय से एम.ए. कर रही है। हॉस्टल में रहती है। मम्मी पापा की बेहद लाडली। उससे मिलने भी जाने के लिए कार से पटियाला के चार-पांच चक्कर एक महीने में लगा लेना मामूली बात है। किन्तु आज मिसेज ग्रोवर का रूप देखकर बड़ी हैरानी हो रही थी। उन्होंने बहुत कहने पर मुश्किल से एक टोस्ट खाया और कुछ स्थिर होने पर कहने लगीं, "मेरी बहन ने मनमीत के लिए बहुत ही अच्छा आई.ए.एस. लड़का बताया है। मसूरी में ट्रेनिंग कर रहा है। वहाँ से निकलने पर ही वे लोग उसकी शादी करना चाहते हैं। बहुत अच्छे परिवार का है, देखने में सुन्दर व लम्बा, स्वभाव भी अच्छा, कहीं कोई कमी नहीं है। पहले भी कई अच्छे प्रस्ताव आने पर कोई न कोई बहाना करके वह टालती रही है। कभी लड़का सांवला है, कोई सिगरेट या शराब पीता है, इंजीनियर है तो इस विभाग में भ्रष्टाचार है और ऐसा कोई दोष ना मिलने पर वह कह कर कि मुझे पढ़ना है, आई.ए.एस. अफसर बनना है, शादी से इनकार कर देती है। इसके पापा भी इस बात से बहुत खुश होते थे, गर्व से कहते थे, "मेरी बेटी ऐसी वैसी नहीं है वह हमारा नाम रोशन करेगी।' सैकड़ों रूपये की पुस्तकें उसके एक ही इशारे पर मंगवा कर दे दी। पर जब कल उसे समझाया कि इतने अच्छे प्रस्ताव बार-बार नहीं आते। अत: हाँ कर दो, शादी तो इतनी जल्दी वह भी नहीं करेंगे। तब असलियत सामने आई। आठवीं कक्षा में पढ़ती थी तभी से उसने एक सहपाठी लड़के से शादी करने का निश्चय कर रखा है। अब आप ही बताइये, यह उम्र क्या इतने बड़े निर्णय लेने योग्य होती है? हमारी तो सारी आशाओं पर पानी फिर गया। मिस्टर ग्रोवर ने तो कल से कुछ खाया भी नहीं। गुमसुम से बैठे हैं। उन्हें सबसे बड़ा दुख

यही है कि यह बात इतने दिन तक छिपाकर क्यों और कैसे रखी? उनका तो जैसे उस पर से विश्वास ही उठ गया है। मेरी भी कुछ समझ में नहीं आ रहा क्या करूँ? आप भी सोच विचार कर अपनी राय दीजिएगा। अब मैं चलती हूँ आपका बहुत समय ले लिया।"

आज इतने वर्ष बाद मेरे सामने फिर से मीना का चेहरा घूम गया। संभवतः उस दिन आशीष की बातों से प्रभावित, प्रोत्साहित व प्रेरित होकर अपनी मेहनत और लगन से बी.एड. करके वह किसी अच्छे स्कूल में शिक्षिका के रूप में बच्चों का जीवन संवार रही होगी और सुनील भी विभागीय ट्रेनिंग और कोर्स आदि करके अब तक अच्छे पद पर पहुँच गया होगा। दोनों के सुखी जीवन की इस कल्पना से मन में एक विचित्र सुख और सन्तोष की अनुभूति हुई, साथ ही जाग्रत हुए प्रार्थना के ये भाव कि ईश्वर ऐसा ही हुआ हो।

मनमीत और हरदीप की प्रेम कथा का कुछ निष्कर्ष निकलने से पहले ही आशीष का पंजाब स्थानांतरण हो गया किन्तु शिप्रा और मनमीत की मित्रता के कारण ग्रोवर परिवार से सम्पर्क बना रहा। उनके समाचार मिलते रहते थे और इस की प्रेम कहानी का परिणाम जानने की उत्सुकता हम सबको रहती थी। मेरे विचार से तो एक योग्य वर के लिए आवश्यक सभी गुण हरदीप में मौजूद थे। शुरू से ही एक मेधावी छात्र होते हुए एम.बी.बी.एस. करके पी.जी.आई. चण्डीगढ़ से एम.एस. कर रहा था। व्यक्तित्व भी आकर्षक और स्वभाव से हँसमुख! कहीं कोई कमी नहीं थी बल्कि एक बहुत महत्त्वपूर्ण बात यह थी कि मनमीत को कभी-कभी मिरगी के दौरे पड़ते थे। यह बात अच्छी तरह से जानते हुए भी वह उससे विवाह करने के लिए तैयार था। निश्चय ही कोई दूसरा लड़का या उसके माता पिता मनमीत के रोग के विषय में जानने के बाद उससे विवाह के लिए कभी तैयार नहीं होते और यह बात छुपा कर करने पर ग्रोवर साहब बाद में बड़ी मुसीबत में पड़ सकते थे। यह बात मैंने कई बार स्पष्ट रूप से मिसेज ग्रोवर को समझाई भी थी। एक माँ होने के नाते वह बेटी की भवनाओं को समझती थीं। और मन ही मन इस विवाह के लिए तैयार ही थीं। किन्तु जैसा प्रायः फिल्मों में

दिखाया जाता है, कभी लड़की के तो कभी लड़के के पिता की ऊँची नाक और अहं भाव ऐसे रिश्तों के बीच की सबसे बड़ी बाधा बन जाते हैं। कुछ ऐसा ही यहाँ भी था। हरदीप ग्रोवर साहब के ऑफिस में कार्यरत एक मामूली क्लर्क का बेटा था। उनके विचार से विवाह सम्बन्ध अपने बराबर हैसियत वालों से ही होनी चाहिए। एक चीफ इंजीनियर का संबंधी एक मामूली क्लर्क बने, यह बात उनके गले से नीचे नहीं उतर रही थी।

किन्तु हरदीप और मनमीत का प्रेम सच्चा था सो उसकी जीत हुई। न जाने लाड़ली बेटी के प्रति मोहवश अथवा उसके रोग की बात बताये बिना किसी ऊँचे खानदान में उसका विवाह कर देने के दुष्परिणामों की कल्पना के भय के कारण ग्रोवर साहब इस विवाह के लिए तैयार हो गये। शादी के बाद हरदीप की नियुक्ति दिल्ली के एक बड़े चिकित्सालय में हो गई और धीरे-धीरे जाने माने हृदय विशेषज्ञों में उसका भी नाम आ गया। अपनी प्रतिभा और योग्यता के बल पर एक साधारण क्लर्क का बेटा प्रसिद्ध डाक्टर बन गया। कुछ समय बाद जब ग्रोवर साहब को स्वयं दिल का दौरा पड़ा तब हरदीप ने जी जान से उनकी चिकित्सा व सेवा करके उनके हृदय में अपना स्थान बना लिया। उन्हें इस बात का अहसास भी हुआ कि अपने ऊँचे पद के घमण्ड और झूठी शान के कारण यह विवाह न होने देकर वह अपने जीवन की कितनी बड़ी भूल कर बैठते। इस प्रकार प्रेम गाथाओं के सिलसिले में यह कहानी एक सुखान्त कड़ी और जुड़ गई। जैसा कि शीर्षक से स्पष्ट है और जग जाहिर भी है कि इस सिलसिले का कोई अन्त नहीं है किन्तु पात्रों की स्थिति एवं परिस्थितियों तथा परिणामों में भिन्नता होना भी अवश्यम्भावी है। उनमें से प्रत्यक्ष दर्शन व श्रवण में आई दो गाथाओं का संक्षिप्त उल्लेख करके इस कहानी का अन्त तो करना ही होगा।

एक-पिछली सर्दियों में शिप्रा के पास दिल्ली गई तो उसकी काम वाली बाई कमलेश अपनी बेटी की शादी की तैयारियों में जुटी हुई थी। उसका पति पोस्टमैन था। एक सड़क दुर्घटना में मृत्यु हो जाने पर कमलेश को पोस्ट ऑफिस में बाबू लोगों के लिए चाय बनाने व सफाई

आदि के लिए रख लिया गया था। साथ ही कुछ घरों में काम करके किसी तरह अपनी गृहस्थी चला रही थी। वह अच्छी तरह से जानती थी कि उसकी बेटी मोहल्ले के ही एक लड़के को चाहती है जो पढ़ा लिखा और हर तरह से अधिक योग्य वर है किन्तु एक ओर हरियाणा की खाप पंचायत और जात बिरादरी का डर था। इसके अलावा घर में भी विधवा स्त्री को ससुर, जेठ, देवर आदि सम्बन्धियों के दबाव में ही रहना पड़ता है, अतः वह विवश थी। सोनिया के घर से बाहर जाने आने पर भी रोक लगा दी गई थी किन्तु दिल्ली में रहकर वह होशियार और स्मार्ट बन गई थी। जब शादी के केवल पन्द्रह दिन रह गये और उसके सामने कोई दूसरा उपाय नहीं रहा तब किसी तरह सबकी निगाहों से बचकर वह अपने प्रेमी के साथ भाग गई और दोनों ने मन्दिर में जाकर शादी कर ली। 'दिलवाला दुल्हनियाँ ले गया' सब देखते ही रह गये। कमलेश को उसके इस साहसिक कदम से परिवार व जात बिरादरी की ओर से बहुत परेशानियाँ झेलनी पड़ी, पर कहीं अन्दर से वह खुश भी थी, क्योंकि आखिर माँ थी बेटी को खुश ही देखना चाहती थी।

दो–शैली के आग्रह पर उसके गृह प्रवेश के लिए नागपुर आये हुए तीन ही दिन हुए थे कि बहू नमिता का फोन आया, "माँ कल अजय की शादी है।" सहसा विश्वास ही नहीं हुआ, अभी तो हम आये हैं! शादी की कोई चर्चा ही नहीं थी। अचानक क्या हो गया कि कल ही शादी है! नमिता ने बताया कि अजय और प्रीति साथ ही इंजीनियरिंग कर रहे थे। दोनों में प्रेम हो गया पर अजय ने घर में मम्मी–पापा को इसकी हवा भी नहीं लगने दी। अब अन्तिम वर्ष समाप्त होने पर जब प्रीति की माँ और भाई उसका रिश्ता कहीं दूसरी जगह पक्का करने लगे तो वह घर छोड़कर अजय के मम्मी पापा के पास आ गई। उनके पैर पकड़ लिए कि "किसी भी तरह हमारी शादी फौरन करवा दीजिये नहीं तो मेरे भाई मुझे मार देंगे।"

श्रीमती और श्री कुमार से हमारे घनिष्ठ पारिवारिक सम्बन्ध हैं। बहुत ही सज्जन व अच्छे लोग हैं। अजय उनकी इकलौती सन्तान है। देखने में गोरा, सुन्दर और प्रभावशाली व्यक्तित्व है। कैम्पस इन्टरव्यू में

ही एक अच्छी फर्म में उसे नौकरी भी मिल गई। उनके जीवन की सभी आशाएँ, आकांक्षाएँ उसी पर केन्द्रित थीं। उसकी बहू के लिए उन्होंने बड़े-बड़े सपने संजो रखे थे किन्तु आयु कम होने के कारण शादी कुछ समय बाद ही करना चाहते थे। इस आकस्मिक और अनपेक्षित स्थिति के लिए वे बिल्कुल तैयार नहीं थे। फिर अजय का यह प्रेम 'लव इज ब्लाइंड' वाली श्रेणी का भी था। प्रीति सांवली और देखने में बहुत साधारण और छोटे कद की थी। जो मिसेज कुमार की कल्पना की अपनी बहू से बिल्कुल मेल नहीं खाती थी। परिवार भी बहुत ही साधारण और विजातीय भी था। उनके लिए इस रिश्ते को स्वीकारना बहुत कठिन था किन्तु पुत्र मोह आड़े आ गया। अजय का उदास चेहरा उनसे देखा नहीं गया। और अगला दिन ही शादी के लिए निश्चित हो गया। कई मित्र, परिवार के सहयोग से एक दिन की तैयारी वाले इस विवाह का रोचक विवरण बाद में नमिता ने बताया। मि. और मिसेज श्रीवास्तव ने कन्या के माता-पिता का रोल बड़े अच्छे ढंग से निभाया। नमिता वर की बहन बनी। वैसे भी मिसेज कुमार उसे अपनी बेटी ही मानती हैं। आनन्द साहब ने दौड़ भाग करके विवाह स्थल, पंडित व मंडप आदि की व्यवस्था की। सबने मिल बाँटकर सब आवश्यक खरीदारी व तैयारियाँ कीं। दूल्हे का सेहरा जल्दी बाजी में रह गया तो मंडप की सजावट के लिए लगी फूलमालाओं से नमिता ने सेहरा बना दिया आदि आदि।

इस प्रकार लड़की की माँ और भाईयों को खबर लगने से पहले ही अन्तहीन सिलसिले की एक और कड़ी के रूप में यह शुभ विवाह सम्पन्न हुआ।

इस चटपट एवं रोचक विवाह से कहानी का समापन करने का विचार था किन्तु अचानक ही विश्व के तीव्रतम गति वाले कम्प्यूटर यानि मन की मेमोरी के न जाने किस कोने में सुरक्षित पचास वर्ष से भी पूर्व की घटना स्मृति पटल पर क्लिक कर रही है जिसका संक्षिप्त उल्लेख करना ही पड़ेगा। रानी लक्ष्मीबाई की नगरी झांसी में 'कंचन ज्वैलर्स' और 'लक्ष्मी साड़ी भंडार'– इन दो बिजनेस परिवारों में घनिष्ठ

पारिवारिक सम्बन्ध थे। ज्वेलर्स की बड़ी बेटी कंचन और साड़ी भंडार वालों का पुत्र सौरभ, दोनों बचपन से ही साथ खेलकर बड़े हुए और धीरे धीरे दोस्ती प्रेम में बदल गई। दोनों परिवारों की सहर्ष सहमति से दोनों की सगाई भी कर दी गई किन्तु किसी कारणवश उनके सम्बन्धों के बीच ऐसी दरार पड़ गई कि सगाई भी टूट गई। बेचारी कंचन की शादी लखनऊ के एक डॉक्टर लड़के से तय हो गई। निश्चित तिथि पर बारात भी आ गई। उसे संयोग से अधिक लड़के की मूर्खता और बेहद गैर जिम्मेदाराना व्यवहार ही कहा जायेगा कि उसने झाँसी पहुँचने के बाद अपने घरवालों को बताया कि वह लखनऊ में अपनी पसन्द की डाक्टर लड़की से शादी कर चुका है। कंचन के परिवार वाले इस विषम स्थिति से बेहद परेशान हो गये। उनकी इज्जत का सवाल था। तभी परिवार के बुजुर्गों के सुझाव से उन्हें सौरभ का ध्यान आया जो अपनी बचपन की मित्र और प्रेमिका का विवाह दूसरी जगह होने के कारण बेहद दुःखी और निराश था। अतः घरवाले उसका मन बहलाने के लिए पिक्चर दिखाने ले गये थे। कंचन के भाई व माता-पिता पिक्चर हाल में ही पहुँच गये और किसी तरह मिन्नतें करके उन्हें मना ही लिया और मूवी के बीच से उठाकर ले आये।

दोनों परिवारों ने आपसी बैर भाव और वैमनस्य को भुला दिया और खुशी-खुशी उसी मंडप के नीचे कंचन और सौरभ का शुभविवाह सम्पन्न हुआ। लखनऊ वाले डॉक्टर के अपरिपक्व व्यवहार ने काफी लोगों को कुछ समय के लिए असमंजस की स्थिति में डाल दिया। किन्तु एक ही सिक्के के दूसरे पहलू के रूप में सौरभ व कंचन तथा दोनों परिवारों के लिए यह वरदान सिद्ध हुआ, दो बिछड़ते प्रेमियों के मिलन का माध्यम बना और इस प्रकार "अन्तहीन सिलसिले" की प्रस्तुत श्रृंखला की अन्तिम कड़ी सुखान्त बन गई। "अन्त भला सो सब भला।"

# 4

# मन की गति

सुबह से ही मन कुछ उदास था। घटनाक्रम भी कुछ ऐसा ही रहा। संगीत के प्रातःकालीन अभ्यास के लिए तानपुरा मिलाते-मिलाते विचार श्रृंखला कहीं दूर जा पहुँची और तार ही टूट गया। दूसरा तार बदलकर गाने की इच्छा नहीं हुई। योग-ध्यान-पूजा भी नियम पालन मात्र के लिए ही हो सके। कहीं कुछ अनहोनी घटने का आभास मन को उद्वेलित कर रहा था तभी ऑफिस से रवि का फोन आया, "एक बुरी खबर है, आज सुबह परेशा भाभी नहीं रहीं। अभी-अभी नरोत्तम भाईसा का फोन आया है। तुम सामान पैक कर लो, हमें दो बजे वाली ट्रेन से गाँधीनगर जाना होगा। मैं जरूरी काम निबटाकर आधा घंटे में आता हूँ।"

सुनकर सहसा विश्वास करने का मन तो नहीं हुआ किन्तु नियति के आगे हम विवश हैं। उस पराशक्ति की इच्छा व संकेतमात्र के प्रकटन स्वरूप इस आदि अन्त से रहित ब्रह्मण्ड का पार बड़े-बड़े ज्ञानी विज्ञानी तक नहीं पा सके, हम तो कठपुतली के समान हैं, जिन्हें इच्छा या अनिच्छा से उसके इशारे पर नाचना ही है। कई बार जिसमें तात्कालिक अनर्थ दृष्टिगत होता है वही सर्वाधिक कल्याणकारी सिद्ध होता है तो कभी इसका विपरीत। अतः अपने भ्रम और मिथ्या अभिमान को त्याग कर 'होइये सोई जो राम रचि राखा,' इस परम सत्य को सहज भाव से स्वीकारने में ही अपना भला समझना चाहिए।

इसे पूर्व कर्मों का फल नहीं तो और क्या कहा जाये कि जीवनकाल में भिन्न-भिन्न स्थान व समय के अन्तराल में अनेक लोगों से मुलाकात होती है, कुछ लोगों से एक बार मिलने के बाद ना तो दोबारा मिलना ही होता है और ना ही उनकी याद अपना कोई चिह्न छोड़ती है, जबकि कुछ लोगों से पहली मुलाकात में ही लगता है न जाने कितना पुराना परिचय है। वे अपनों से भी बढ़कर हो जाते हैं। विवाह

के बाद अपने घर परिवार को छोड़कर अब तक लगभग अनजान किन्तु अचानक सबसे अधिक अपना लगने वाले व्यक्ति के साथ जीवन की नई डगर पर पाँव रखते समय प्रसन्नता व कौतूहल के साथ किन्चित भय मिश्रित भावना लिए जब पहली बार भोपाल गई और रवि के ऑफिस जाने के बाद 'अपनी गृहस्थी की शुरूआत कैसे कहाँ से करूँ,' इसी सोच विचार में किंकर्त्तव्यविमूढ़ सी बैठी थी, तभी इन्दु भाभी का आगमन बरसात की ऊमस में शीतल हवा के झोंके सा प्रतीत हुआ।

हल्के गुलाबी रंग में भीने-भीने प्रिन्ट की कोटा डोरिया की सुन्दर साड़ी से आवृत्त उनका भव्य व्यक्तित्व आज भी मानस पटल पर अंकित है। साँवले से चेहरे व माथे पर बड़ी-सी गोल बिन्दी और झील के समान गहरी बड़ी-बड़ी आँखों को भूल पाना सरल नहीं है। उनके अपनत्व भरे स्नेहपूर्ण सहज व्यवहार ने यह महसूस ही नहीं होने दिया कि हम पहली बार मिल रहे हैं। घर की व्यवस्था और साज सज्जा से लेकर दूध कहाँ से लेना, सब्जी कहाँ ताजी मिलती है तक सभी छोटी-बड़ी समस्याओं का निवारण कर हम दोनों का लंच अपने घर खाने का आदेश देकर ही वह वापस गईं।

इसके बाद के दो वर्ष उनके स्नेह की छत्रछाया में कैसे व्यतीत हो गये पता ही नहीं चला। नरोत्तम भाईसा भी अपने नाम के अनुरूप ही थे। लखनवी चिकन का कुर्त्ता, चूड़ीदार पजामा, काले फ्रेम का चश्मा और पैरों में कोल्हापुरी चप्पल उनकी प्रिय वेशभूषा थी। जिसके कारण वो सामान्यतया सूटेड बूटेड या पुलिस यूनिफार्म की में सुसज्जित अन्य पुलिस अधिकारियों से अलग ही दिखाई पड़ते थे। साथ ही उनकी लम्बी दाढ़ी और उन्मुक्त हास्य उनके व्यक्तित्व को विशिष्टता प्रदान करने वाले थे। ऊँचे पद का अहंकार उन्हें छू तक नहीं गया था। उनका अध्ययन कक्ष एक अच्छा खासा पुस्तकालय एवं उनकी बहुमुखी प्रतिभा व रूचियों का प्रमाण भी था। दर्शनशास्त्र एवं ज्योतिष-विज्ञान से लेकर बच्चों के लिए अमर चित्रकथा तक सभी विषयों की पुस्तकें मौजूद थीं। ऊपर से भाभी के बजाये तेल चित्रों के कारण उसकी साज-सज्जा देखते ही बनती थी। विशेष रूप से शतरंज खेलते हुए गम्भीर मुद्रा में भाईसा

का सजीव चित्र उनकी उत्कृष्ट कला के अतिरिक्त निश्छल प्रेम का भी परिचायक था।

जब भी घर की ज्यादा याद आती हम लोग उनके घर पहुँच जाते। सहज आत्मीय व्यवहार के साथ–साथ भाभी के बनाए स्वादिष्ट व्यंजनों का स्वाद लेते और सब कुछ भूल जाते। चार साल का मन्टू और एक वर्ष छोटा बन्टी दोनों बड़े प्यारे होनहार बच्चे हम दोनों से खूब हिल मिल गये थे। उनकी बाल सुलभ बातों व किलकारियों से गूँजता घर देखकर लगता था, आदर्श परिवार का साक्षात उदाहरण देखना है तो यही है। एक सप्ताह से अधिक हो जाता तो फोन आ जाता, "क्या बात है, इतने दिन से तुम लोग आये नहीं? आज दहीबड़े बनाये हैं, खाना हमारे साथ ही खाना।" मैं भी फटाफट कुछ विशेष बना लेती और हम तुरन्त उनके घर पहुँच जाते, जैसे फोन का इन्तजार ही कर रहे हों।

उस दिन तो अचानक ही एक नई खोज हुई। हम पहुँचे तो तानपूरे और तबले की संगत के साथ संगीत की मधुर स्वर लहरी गूँज रही थी, 'एरी आलि पिया बिन' राग यमन का, यही सुप्रचिलित छोटा ख्याल मैंने भी सीखा था। बहुत ही सधा हुआ सुरीला गायन सुनकर आनन्द आ गया। ऐसा लगा कि बस आँख मूँदकर बैठे सुनते ही रहो।

"मन्टू बेटे कौन गा रहा है?" "अरे अंकल आप मम्मी की आवाज नहीं पहचानते? मम्मी गा रही हैं और पापा तबला बजा रहे हैं।"

बेल बजाकर स्वरों का तारतम्य तोड़ने का मन ही नहीं हुआ। गेट के दोनों ओर फूलों से लदे हुए अमलतास दीवार के साथ कतार में खड़े ऊँचे–ऊँचे अशोक महकती हुई रात की रानी और सुन्दर फूलों से भरी क्यारियों के बीच लॉन में खेलते हुए बच्चे, ऐसे वातावरण को रस से भिगोती हुई मधुर स्वर लहरी सुनते आत्मविभोर से हम बरामदे में बेंत की कलात्मक कुर्सियों पर कितनी देर तक बैठे रहे पता ही नहीं चला। तभी भाईसा की आवाज ने चौंका दिया, "अरे तुम लोग कब से यहाँ बैठे हो, बेल क्यों नहीं बजाई? कम से कम लाईट तो जला लेते।"

रवि सहसा सावधान की मुद्रा में खड़े होते हुए बोले, "सॉरी सर गलती हो गई।" "अरे, अरे यह क्या कह रहे हो? यह ऑफिस या परेड

ग्राउण्ड नहीं भैया, घर है घर। शास्त्रीय गायन सुनकर जो इतना मग्न हो जाये वह गाता भी जरूर होगा। चलो अन्दर चलो, आज संगीत की बैठक हो जाये।" लगभग दो घंटे तक संगीत का कार्यक्रम चला। भाभी के गाये दरबारी कान्हड़ा और काफी की ठुमरी ने समा बाँध दिया। उनके गम्भीर और सधे हुए गायन के सामने मेरी तो हिम्मत ही नहीं पड़ रही थी। बहुत दिनों से तानपूरा छुआ भी नहीं था। भाईसा ने मोठी सी डांट लगाते हुए कहा, "गाने में संकोच नहीं करना चाहिए। यहाँ कोई प्रतियोगिता तो हो नहीं रही है, जैसा भी आता है गाओ।" मैंने थोड़ा अलाप के साथ जय जयवन्ती को छोटा और बड़ा ख्याल गाया। दोनों बहुत खुश हुए। "इतना अच्छा गाती है, बहुत ही मीठी आवाज है फिर क्यों डर रही थी?" भाभी ने प्रशंसा करते हुए कहा। उनके प्रोत्साहन से सारा डर निकल गया।

तभी मेरा ध्यान बच्चों की तरफ गया। दोनों बड़ी तन्मयता से चुपचाप सुन रहे थे। मुझे आश्चर्य चकित देखकर भाभी बोली, "क्या देख रही हो? ये दोनों भी बड़े संगीत प्रेमी हैं। कभी-कभी तो मैं अभ्यास करती हूँ तो भी चुपचाप आकर बैठ जाते हैं।"

"पार्टनर (दोनों एक दूसरे को इसी प्रकार सम्बोधित करते थे) सुनो, बनर्जी साहब की बेटी सुहासिनी भी तो बहुत अच्छा गाती है। मिसेज पाँडे की गजलों का जवाब नहीं, उनसे भी कहेंगे और अब से हर दूसरे और चौथे शनिवार को बारी-बारी से सबके घर संगीत की बैठक रखी जायेगी। कलाकारों के प्रोत्साहन के लिए अच्छे श्रोता भी होने चाहिए। विनोद भाईसा और इला भाभी जैसे श्रोता कहाँ मिलेंगे? वे भी इस प्रस्ताव से बहुत खुश होंगे।"

इसके बाद जब तक हम भोपाल रहे पाक्षिक संगीत गोष्ठी का यह कार्यक्रम बराबर चलता रहा। सबको दूसरे और चौथे शनिवार की प्रतीक्षा रहती। पहली बार में ही निश्चित कर लिया गया था कि चाय के साथ एक मीठी और एक नमकीन चीज से ज्यादा कोई नहीं बनायेगा। विनोद भाईसा और भाभी की उपस्थिति इस आयोजन में चार चाँद लगा देती। स्वरों की बहती सलिला के बीच उनका विनोदपूर्ण हास परिहास

वातावरण को और भी अधिक रसमय बना देता। सुहासिनी रवीन्द्र संगीत भी गाती थी, उसका गाया गीत 'दिन गुलिमोर शोनार खाँचा रोइलो ना...' आज भी याद आता है। सचमुच समय के पखेरू को सोने के पिंजरे में भी कैद करके रखना असम्भव ही है। कालचक्र अपनी धुरी पर चलता रहा है और चलता ही रहेगा, नित्य निरन्तर! उस सर्व चैतन्यमयी पराशक्ति की महिमा ही है जो इसे धुमा रही है। परिवर्तन और नित्य नूतनता भी इसके ही बनाये गये नियम हैं।

साल बीतते बीतते स्वाति ने शुभागमन की दस्तक दी। खबर पाते ही भाभी तो जैसे सासू माँ बन गई। जब मिलती या फोन पर ही हिदायतों की सूची उनके पास रहती। क्या करना है क्या नहीं करना, क्या खाना है क्या नहीं, ऐसा लगे तो ये करो वैसा लगे तो वो करो, सब समाधान उनके पास रहते। पूछ पूछकर पसन्द के व्यंजन बनाकर खिलाती। आज जब स्वाति स्वयं दो बच्चों की माँ बन चुकी है, याद आ जाता है उनके जन्म के समय मूसलाधार वर्षा के साथ बिजली की चमक व बादलों की तेज गर्जना सुनकर वह कैसे दौड़कर अन्दर आई और उनके कान अपने हाथों से ढक लिए क्योंकि इतनी तेज आवाज नवजात शिशु के लिए हानिकारक हो सकती थी। जब तक हम रहे उनकी ममता और वात्सल्यमय दुलार उसे प्राप्त रहे।

भोपाल छोड़ने के बाद हमारे घर संसार में सुरभि और शुभम के आगमन एवं तीनों बच्चों के लालन पालन और गृहस्थी की व्यस्त दिनचर्या में पूरे ग्यारह वर्ष पंख लगाकर कैसे उड़ गये पता ही नहीं चला। लगभग दो वर्ष हम देश के पूर्वोत्तर प्रान्त मणिपुर की राजधानी इम्फाल से भी आगे काकचिंग में थे। अपार प्राकृतिक सम्पदा एवं सौन्दर्य से भरपूर होने पर भी यहाँ का आतंकवाद, नीरवता और घर परिवार से इतना दूर होना मन को खल जाता था।

समय का संयोग कुछ ऐसा हुआ कि राजस्थान के इस रमणीक पहाड़ी नगर माउण्ट आबू में स्थित प्रशिक्षण केन्द्र के लिए रवि का स्थानान्तरण हो गया। उनकी रूचि के अनुकूल पोस्टिंग, बच्चों के लिए अच्छे कान्वेंट स्कूल, रहने के लिए बड़ा सा आरामदेह घर और अन्य

सभी सुविधायें। इन सबके साथ प्रशिक्षण केन्द्र में निदेशक के पद पर नरोत्तम भाईसा का आसीन होना हमारे लिए सोने में सुहागे के समान था। इस परिवर्तन से हम सब बेहद खुश थे।

लगभग दो दिन व एक रात की लम्बी रेल यात्रा के बाद घुमावदार पहाड़ी रास्ते पर एक घंटे का बस का सफर करके गन्तव्य तक पहुँचते-पहुँचते शाम के सात बज चुके थे। लम्बे सफर की थकान और पहाड़ की ठिठुरा देने वाली सर्दी। बच्चे किसी भी तरह जल्दी से जल्दी बिस्तर में दुबककर सोना चाह रहे थे किन्तु भाभी ने पहले ही कह दिया था कि खाना उन्हीं के साथ खाना है। आदेश टालना सम्भव न था और सच कहूँ तो मन के एक कोने में भी इच्छा जागृत थी कि कैसे उनसे मिलें और फिर हों ढेर सारी नई पुरानी बातें। मन्टू और बन्टी कितने बड़े हो गये होंगे? भाभी का स्नेहपूर्ण गरिमामय चेहरा आँखों के सामने आ रहा था।

यद्यपि रात घिर आई थी, फिर भी बड़े-बड़े पुराने वृक्षों की छाया से कम्पाउण्ड की विशालता का आभास हो रहा था। महकती हुई रात की रानी व मधुमालती की भीनी-भीनी सुगन्धित बयार ने जैसे सारी थकान दूर कर दी। बेल बजाने पर भाईसा ने तुरन्त दरवाजा खोला मानो वहीं खड़े प्रतीक्षा कर रहो हों। "आओ भाई आओ," चिर परिचित हास्य के साथ रवि को गले लगा लिया। तुरन्त ही पल्लू से हाथ पोंछती हुई भाभी भी आ गईं। खुशी के मारे मेरे तो आँसू ही निकल पड़े, वह भी भावविह्वल हो गईं। आश्वस्त होने पर मैंने पूछा, बच्चे कहाँ है?

"बच्चे, कौन बच्चे?," भाईसा हँसते हुए बोले, "अब वे नन्हें मुन्ने मन्टू और बन्टी नहीं हैं। मन्टू यानि प्रशान्त आई.आई.टी. कानपुर में इन्जीनियरिंग के प्रथम वर्ष में है और बन्टी यानि प्रसून दिल्ली में बारहवीं कर रहा है। साथ ही पी.एम.टी. की तैयारी भी। साहबजादे डॉक्टर बनकर जनता की सेवा करना चाहते हैं।"

पहली बार उनके असली नाम पता चले, वरना हँसते खिलखिलाते छोटे-छोटे मन्टू और बन्टी की छवि ही अब तक मन में थी।

घर आते समय मैंने रवि से पूछा, "भाभी को देखकर कैसा लगा?"

"पहले से कुछ दुबली हो गई हैं, बालों में भी चाँदी की रेखायें दिखने लगी हैं। इतने सालों में कुछ परिवर्तन तो स्वाभाविक ही है। ऐसे क्यों पूछ रही हो?"

"मुझे तो उनके व्यवहार में एक विचित्र अनमनापन दृष्टिगत हुआ। चेहरे पर पहले जैसे आत्मतुष्टि और परिपूर्णता की आभा के स्थान पर अन्तर्मन में छिपी तीव्र वेदना परिलक्षित हो रही थी। तुम शायद नोटिस नहीं कर पाये।"

सच ही किसी के मन को चेहरा देखकर पढ़ पाने की सूक्ष्म संवेदनात्मक दृष्टि जो नारी को सहज ही प्राप्त है पुरुषों में कम ही देखने को मिलती है। एक विडम्बना यह भी है कि पुरूष नारी के विश्वास को तोड़कर उसकी भावनाओं को ठेस पहुँचाकर भी ऐसा व्यवहार कर सकता है जैसे कुछ हुआ ही नहीं किन्तु नारी को पूर्णतया समर्पित और अपने अहं द्वारा निर्धारित सीमा रेखा तक सीमित ही देखना चाहता है।

गाड़ी रूकने के हल्के से झटके ने तन्द्रा भंग की तो देखा, हम घर पहुँच गये हैं। अनुभव हुआ कि मन की गति कैसी विचित्र है। क्षण मात्र में कहाँ से कहाँ पहुँच जाता है।

मन्टू और बन्टी के जाने से अकेलापन महसूस करती होगी, यह सोचकर सब कामों से निबट कर मैं प्रायः भाभी के पास चली जाती या अचानक उनका ही फोन आ जाता, 'जल्दी से आ जाओ,' किन्तु बातचीत बहुत ही कम करती। बहुत देर-देर तक हम चुप ही बैठे रहते। उनकी बातों में संशय और निराशा के भाव रहते। कभी कहतीं कोई विष देकर उन्हें मार देगा। एक दिन शॉपिंग करते समय बिस्कुट का पैकेट निकलवाया, फिर तुरन्त वापस करके वैसा ही दूसरा निकलवाकर मेरी ओर देखकर आँखों से ऐसा संकेत किया मानों कह रही हों, 'देखा, वह मुझे विषैला पैकेट देने की कोशिश कर रहा था।' ऐसे प्रसंग मन को आहत कर देने वाले थे। आखिर किस आघात ने इतनी विदुषी महिला की ऐसी मनःस्थिति कर दी, उनका आत्मविश्वास ही तोड़ दिया!

धीरे-धीरे वहाँ के अन्य लोगों से भी परिचय हुआ। भाईसा सर्वोच्च पदाधिकारी थे। उनके लिए प्रत्यक्ष रूप से कुछ कहने का

साहस किसी में नहीं था किन्तु महिलाओं के होते हुए ऐसी बातें कहाँ छुपी रह सकती हैं? कुछ तो इस कार्य में ज्यादा ही पटु होती हैं। कुछ ऐसे अनपेक्षित एवं अविश्वसनीय संकेत मिले कि एक स्थानीय स्कूल की शिक्षिका है जो सन सेट प्वाईंट की ओर एकान्त सी जगह में छोटे से घर में अकेली ही रहती है। उसके घर भाईसा को अकेले ही जाते हुए प्रायः देखा गया है। हमारे यहाँ 'बात का बतंगड़' या 'तिल का ताड़' बनाने जैसी कहावतें हैं तो दूसरी ओर यह भी कहा जाता है कि 'बिना आग के धुआँ नहीं होता।'

भाभी को देखकर मन व्यथित हो जाता। एक दिन बहुत साहस जुटाकर मैंने बात शुरू की तो उनकी अर्न्तव्यथा अश्रुधारा बनकर बह निकली। कुछ शान्त होने पर उन्होंने बस यही कहा, "मेरे सपर्मण और निष्ठा में क्या कमी रह गई जो यह नौबत आ गई?" मैंने कहा, "वैसे तो भाईसा के लिए ऐसा सोचना भी अनुचित लगता है किन्तु मनुष्य का कुछ भरोसा भी नहीं है। युगों से बड़े-बड़े पहुँचे हुए सन्त महात्मा भी विचलित होते हुए देखे गये हैं। एक बात बताइये, क्या आपने उनके मन में झाँकने की कोशिश की? सुनी सुनाई बातों पर विश्वास करना भी ठीक नहीं है।"

"अरे तू तो बड़ी समझदार हो गई है। कहाँ से सीख लीं इतनी बड़ी-बड़ी बातें? लेकिन बात में सच्चाई है।"

समय का पखेरू निर्बाध गति से उड़ रहा था। अगले माह की 31 तारीख को भाईसा सेवानिवृत्त होने वाले थे। भाभी के जाने की कल्पना से मन विचलित सा होने लगता। उनकी पहली वाली छवि, साथ बिताये पुराने दिन, संगीत गोष्ठियाँ, सब याद आते। उनके गीत व भजनों के संग्रह से मैंने भी बहुत से सीखे थे। आकाशवाणी से भजनों के कार्यक्रम हेतु बुलावा आने पर उनके पास पहुँच जाती। वह तुरन्त डायरी लाकर सूर, तुलसी, मीरा के सुन्दर भजन लिखवाकर सिखा देतीं। कुशल गायिका होने के साथ-साथ वह अच्छी शिक्षिका भी थीं। आवश्यक नहीं है कि किसी विषय का विद्वान अच्छा शिक्षक भी हो किन्तु वह तो बेमिसाल थीं।

एक दिन जब मैं गई तो वह संगीत कक्ष में थी। मुझे भी वहीं बुला लिया। सामने रखे तानपूरे को देखकर लगा कि वह संगीत द्वारा मन को शान्त करने का प्रयत्न कर रही थीं। देखकर अच्छा लगा। बहुत आग्रह करने पर उन्होंने मीरा का भजन 'प्रभुजी मैं अरज करूँ हूँ मेरो बेड़ो लगा जइयो पार...' बड़ी तन्मयता से गाया। सुनकर मन द्रवित हो गया। अब भी कभी उदासी के क्षणों में गाते समय उनका भी स्मरण हो आता है। उस समय न जाने किस प्रेरणा से मेरे मुँह से निकला, 'भाभी आप तो वहाँ जाकर एक संगीत विद्यालय खोल लीजियेगा। बहुत से बच्चे लाभान्वित होंगे और आपके लिए भी अच्छा रहेगा।'

जाने के बाद उनसे प्रायः फोन पर बात होती तथा कहती, 'मन नहीं लग रहा है।' नई जगह फिर इतने बड़े पदाधिकारी को प्राप्त बहुत सी सुविधायें समाप्त हो जाने पर नये परिवेश में स्वयं को ढालने में कठिनाई तो होती ही है। एक दिन बताया कि बहुमुखी प्रतिभा के धनी भाईसा ने एक्यूपंक्चर चिकित्सा केन्द्र घर के ही बाहर वाले कमरे में खोल लिया है, निःशुल्क इलाज करते हैं। मैंने पूछा, आपका संगीत शिक्षा केन्द्र कब शुरू हो रहा है? कहने लगीं, आसपास के लोगों को जब से गाने के बारे में पता चला है बराबर आग्रह कर रहे हैं, हमारे बच्चों को सिखा दीजिये। लगता है अब तो कुछ करना ही पड़ेगा वरना इस तरह से रहना बहुत मुश्किल हो जायेगा। सुनकर कुछ अजीब लगा, "इस तरह का क्या मतलब?" बहुत पूछने पर बुझी-सी आवाज में धीरे-धीरे से बोली, "पिछले सप्ताह से वो भी यहाँ साथ ही रहने के लिए आ गई है। ऊपर का एक कमरा उसे दे दिया गया है। दूसरा इनका स्टडी रूम है।" सुनकर एक झटका सा लगा। भाईसा को भी न जाने क्या हो गया है? उनके ऊपर बहुत गुस्सा आ रहा था। तो यह वजह थी उत्तर प्रदेश में बड़ा सा पुश्तैनी आवास और सभी निकट सम्बन्धियों को छोड़कर गुजरात में घर खरीदकर बसने की? शायद विपरीत दिशा में मन की गति कुछ ज्यादा ही तीव्र हो जाती है।

किन्तु शीघ्र ही अविश्वास, संशय और भ्रम का कोहरा उस दिन पूरी तरह से छँट गया जब हमारे एक पारिवारिक मित्र, जिन्हें भाईसा भी

रवि के समान छोटे भाई जैसा ही मानते थे, उनसे मिलते हुए हमारे पास आये। बातों ही बातों में भाईसा का गुणगान करते हुए उन्होंने बताया कि किस तरह से एक बेसहारा बाल विधवा को आश्रय ही नहीं दिया बल्कि अपने ही केन्द्र के एक युवा प्रशिक्षक से उसका विवाह करवा रहे हैं। खर्च का भार भी स्वयं ही वहन करेंगे। ऐसे उदार और विशाल हृदय वाले लोग विरले ही होते हैं जो अफवाहों की परवाह न करके पूरी निष्ठा व कर्मठता के साथ कर्त्तव्य पालन करते हुए हर परिस्थिति में आगे बढ़ते हैं। यह सब सुनकर मन और मस्तिष्क पर से विशाल पत्थर जैसा भार उतर गया एवं एक बहुमुखी प्रतिभा के धनी महान व्यक्तित्व के आगे मस्तक मन ही मन श्रद्धा से झुक गया।

संयोगवश वार्षिक परीक्षाओं के बाद बच्चों की छुट्टियाँ प्रारम्भ हुईं और रवि का गाँधीनगर जाने का प्रोग्राम बन गया। अथक परिश्रम के बाद बच्चे कुछ परिवर्तन चाहते थे। हम भी भाईसा व भाभी से मिलने के लिए उत्सुक थे। अतः सभी चल पड़े। पहले ही दिन शाम को हम सरप्राइज देने के लिए बिना सूचना दिये ही उनके घर चल दिये। घर के पास पहुँचने पर उसी चिरपरिचित गम्भीर सधे हुए स्वर के साथ बच्चों के समवेत स्वरों में राग यमन का छोटा ख्याल सुनाई दिया। साथ में तबले की थाप ने भाव विभोर कर दिया। निश्चय ही भाईसा संगत कर रहे थे। अर्थात् जीवन की इस संध्या बेला में संशय, भ्रम और अविश्वास के बादल छँट गये हैं और निरभ्र, धवल आकाश के नीचे संगीतकला केन्द्र का प्रस्फुटन हो चुका है। मेरा मन भी अवर्णनीय आनन्द और सन्तोष के भाव से भर गया। स्वर ताल के इस अद्‌भुत तारतम्य को भंग करने का मन ही नहीं हुआ और हम सब बरामदे में रखी बेंत की कलात्मक कुर्सियों पर बैठ गये। इसके बाद भाईसा दरवाजा खोलना, उनका उन्मुक्त हास्य, साथ में भाभी का परस्पर विश्वास एवं आत्मतुष्टि से दमकता चेहरा। कुछ क्षणों के लिए लगा मानो समय की सुखद पुनरावृत्ति हो रही है।

आने वाले वर्षों में संगीत कला केन्द्र की ख्याति निरन्तर बढ़ती गई। हमारा सम्पर्क बराबर बना रहा। आज दुःख की इस घड़ी में

गाँधी नगर जाते समय यद्यपि हृदय शोकाकुल है किन्तु यह विचार आश्वस्त भी कर रहा है कि अनन्त की यात्रा पर जाने से पहले भाभी के मन में व्याप्त संशय व शंकाओं का निवारण हो चुका था। वह निर्मल चित्त व निश्चिन्त भाव से गई हैं, अतः उनकी पवित्र आत्मा को अवश्य शान्ति व सद्‌गति प्राप्त होगी।

# 5

# कालचक्र

मकर संक्रान्ति के महापर्व पर श्रद्धालु जन अनेक कष्ट उठाकर दूर–दूर से तीर्थ स्थानों पर जाकर ब्रह्मबेला में पवित्र नदियों के जल से स्नान कर ध्यान, तप व दान आदि का पुण्य लाभ प्राप्त करते हैं। जिनके लिए यह संभव ना हो, वे सद्गृहस्थ घर में ही यथासम्भव शीघ्र उठकर स्नान, ध्यान, पूजन व दान आदि करके पुण्य कमाने का प्रयत्न करते हैं। तिल और खिचड़ी के दान और खान दोनों का ही विशेष महत्त्व है। दूसरी ओर इस पर्व पर पतंग उड़ाने की परम्परा का युवा वर्ग और बाल वृन्द के लिए विशेष आकर्षण रहता है। दाँव पेंच लड़ने और दूसरों की पतंग काटने की होड़ में सुबह से शाम तक निगाहें आसमान की ओर टिकी रहती हैं। आँखें और गर्दन थकतीं नहीं। सच्चाई यही है कि जिस काम में रूचि हो उसके लिए किये गये श्रम का पत ही नहीं चलता, पतंग बाजी के साथ चाय पकौड़ी आदि के लिए ऊपर नीचे के बीसियों चक्कर लग जाते हैं वरना मन ना हो तो माँ के कहने पर छत पर सुखाये गये कपड़े उठाकर लाना ही कितना मुश्किल लगता है? कुछ भी हो, यह त्यौहार पुण्य लाभ और मनोरंजन दोनों ही दृष्टि से विशेष महत्त्व रखता है।

कल मकर संक्रान्ति थी, अतः प्रतिवर्ष की भाँति विनय और सुनीता ने ब्रह्मवेला में ही स्नान, ध्यान, पूजन किया एवं यथाशक्ति धन, तिल के लड्डू व खिचड़ी का दान भी। तत्पश्चात् विनय अखबार पढ़ने बैठ गए और सुनीता प्रातःकालीन आवश्यक कार्य निबटा कर दोपहर के भोजन की तैयारी के लिए रधिया को आवश्यक निर्देश देने लगी। इस पुण्यपर्व पर दान के अतिरिक्त खिचड़ी खाने का महत्त्व माना जाता है, जिसे बनाना बहुत सरल यानि दाल चावल में नमक हल्दी डालकर पका

देना मात्र ही है। एक मरीज के लिए बनानी हो तो उतना पर्याप्त भी है। यों भी प्राय: सभी घरों में, विशेष रूप से उत्तर भारत में यदि किसी कारणवश हल्का भोजन करने की इच्छा हो अथवा गृहणी नियमित भोजन बनाने के मूड में ना हो तो खिचड़ी बना ली जाती है। किन्तु इस स्थिति में भोजन को सरस बनाने के लिए 'खिचड़ी के हैं चार यार– घी, दही, पापड़ और तेल–अचार' अथवा 'खिचड़ी के हैं तीन भतार– दही पापड़ और तेल–अचार' जैसी पारम्परिक कहावतों का ध्यान रखना पड़ता है। उस पर भी यदि मकर संक्रान्ति जैसा पर्व हो, भोजन के लिए बेटी दामाद व बच्चों को बुलाया हो और परिवार में उत्तर प्रदेश और बिहार का संगम हो तो घी, दही, पापड़, अचार आदि के साथ आलू का भर्ता, बैगन का बुचका बनाना भी आवश्यक हो जाता है। कहने का तात्पर्य यह है कि उत्तर प्रदेश निवासी इस कायस्थ दम्पत्ति के बड़े दामाद बिहार के हैं, छोटे मुद्गल ब्राह्मण और बहू उत्तर प्रदेश के कायस्थ परिवार की है। सेवानिवृत्ति और बच्चों के विवाह के उत्तरदायित्व से मुक्त होकर वे ईश्वर के प्रति कृतज्ञ और सन्तुष्ट हैं। यथासंभव अपनी दिनचर्या में व्यस्त रहते हैं। फिर भी ऐसे अवसरों की अपेक्षा रहती है जब नियमित जीवन से हटकर कुछ हो। ईश्वर की कृपा से बड़ी बेटी व दामाद दोनों प्रशासनिक सेवाओं में सेवारत और इसी शहर में नियुक्त हैं। इस सुविधा का लाभ उठाने के लिए मन लालायित हो ही जाता है, इसीलिए सुनीता ने स्वाति, समीर व बच्चों को कई दिन पहले से ही कह दिया था कि दोपहर का भोजन और बच्चों का पतंग का कार्यक्रम घर पर ही रहे तो बड़ा आनन्द आयेगा।

मन की गति भी विचित्र है। कहीं से कहीं पहुँच जाने में क्षण मात्र भी नहीं लगता, और इससे भी कहीं अधिक विचित्र है उस सर्वशक्तिमान की लीला, जिसका पार आज तक कोई नहीं पा सका है। रधिया को दाल, चावल साफ करने, आलू उबाल कर छीलने व प्याज आदि काटने को आदेश दे रही सुनीता अब तक इस बात से सर्वथा अनभिज्ञ थी कि पञ्चमहाभूतों से सृष्टि की रचना करने वाले उस सर्वनियन्ता के यहाँ उनकी 'मकर संक्रान्ति' की दिनचर्या का 'मीनू' कुछ और ही है,

जिसके लिए अलग ही 'खिचड़ी' पक रही है। तभी बज उठी एक कालबेल ने सब कुछ बदल दिया। दरवाजा खोलने पर सामने खड़े दो नवयुवको ने बताया कि लगभग नौ बजे श्री रणवीर सिंह यादव की पत्नी शकुन्तला जी का देहान्त हो गया। घड़ी देखी तो ग्यारह बज चुका था।

यादव परिवार से बहुत पुराना सम्पर्क था, अतः वहाँ जाना बहुत जरूरी था। असल में ट्रेनिंग के दौरान यादवसा विनय के प्रशिक्षक रहे थे। वह अब भी उन्हें गुरू मानते हैं। सेवानिवृत्ति के बाद से वह भी कुछ ही दूर पर डिफेन्स कालोनी में रहते हैं। सुबह घूमने जाते समय प्रायः उनसे मुलाकात भी हो जाती है। शकुन्तला जी भी बहुत मिलनसार, हँसमुख और दूसरों की सहायता के लिए सदा तत्पर रहने वाली महिला थीं। कभी सिर दर्द भी नहीं हुआ पर कुछ ही माह पूर्व पकड़ा तो कैंसर जैसी जानलेवा बीमारी ने! खबर सुनकर सुनीता और विनय भी उन्हें देखने गये थे। वह वैसे भी छोटे कद की दुबली पतली महिला थीं। किन्तु इस कठिन रोग ने बेहद कमजोर कर दिया था। खाना सब बन्द था। उनकी सेवा में तत्पर छोटी बहू कभी नींबू पानी, कभी जूस लाकर दे रही थी। उसे देखकर दोनों को बहुत अच्छा लगा। शकुन्तला जी अपने स्वाभावानुसार हँस-हँसकर बहुत बातें करती रहीं। उनकी वही छवि सुनीता की आँखों के सामने आ गई।

यादव साहब ने पत्नी के इलाज में कोई कसर नहीं छोड़ी। दो माह पहले ही आपरेशन करवाया था। लाभ भी हुआ पर कुछ समय बाद फिर तकलीफ बढ़ने लगी। जिसने जो बताया वही इलाज करवाते रहे। हिमाचल प्रदेश के एक प्रसिद्ध वैद्य का नाम सुनकर वहीं ले गये थे और उन्हीं का इलाज चल रहा था। किन्तु होनी को कौन टाल सका है? जिसने जन्म लिया उसकी मृत्यु निश्चित है। इस शाश्वत सत्य को स्वीकारना ही मनुष्य ही नियति है।

स्वाति को फोन किया तो वह तुरन्त ही बोली, "आप लोगों को वहाँ जाना है तब तो खाना मैं ही बनवा लूँगी। वहाँ से लौटकर स्नान करके आप यहीं आ जाइयेगा।" परिस्थिति के अनुसार उसका प्रस्ताव

बिल्कुल ठीक था। दोपहर के भोजन की ओर से निश्चिन्त होकर वे दोनों बीस पच्चीस मिनट में यादव साहब के घर पहुँच गये, जहाँ वास्तव में 'मृत्यु का सन्नाटा' छाया हुआ था। काफी लोग गम्भीर मुद्रा में बाहर बैठे थे। कुछ यादव जी को दिलासा देने का असफल प्रयत्न कर रहे थे। विनय को देखते ही वह विह्वल हो गये। आँखों से अश्रुधाारा बह निकली। जीवन साथी का सदा के लिए बिछड़ जाना कोई मामूली बात नहीं है। विनय उनके कन्धे पर हाथ रखकर सान्तवना देने का प्रयत्न करने लगे। एक वृद्ध सज्जन ने सुनीता को अन्दर जाने का संकेत किया जहाँ से रोने व सिसकियों की आवाज आ रही थी। थोड़ा साहस जुटाकर वह अन्दर गई तो करुणा से मन भर आया। शकुन्तला जी की इकलौती पुत्री अरुणा बिलख बिलख कर रो रही थी। एक अधेड़ उम्र की महिला उसे शान्त करने की कोशिश में उसका मुँह धुलवा रही थी। सुनीता को देखकर वह उससे लिपट कर फिर रो पड़ी। आखिर माँ माँ ही होती है।

पूरा कमरा महिलाओं से भरा हुआ था। सुनीता ने बैठने की जगह ढूँढ़ने के लिए निगाह दौड़ाई तो बीच में जरा सी जगह में सिमटा कम्बल में लिपटे शकुन्तला जी के चेतनाहीन शरीर को देखकर सहसा विश्वास ही नहीं हुआ कि चुस्त, फुर्तीली, हँसमुख व निरन्तर बात करने वाली महिला यही हैं। शरीर को 'मैं' समझने वाला मानव चेतनाहीन होते ही कैसा हो जाता है? यह देखकर संसार की नश्वरता के प्रत्यक्ष भान हुआ और मन विचलित सा हो गया। तभी दीवार के सहारे बैठी श्रीमती श्रीवास्तव ने इशारे से उसे बुलाया, आसपास की महिलाओं ने बैठने के लिए जगह बना दी। शकुन्तला जी उनकी पड़ोसन और बहुत अच्छी सहेली थीं। अश्रुपूर्ण नेत्रों और भरे कंठ से बताने लगी कि "कल ही शाम को बुलाकर बहुत देर तक अपने पास बिठाया, कुछ कहना चाह रही थी पर मुँह से कुछ बोल नहीं सकी। कितनी अच्छी मिलनसार थी। मकर संक्रान्ति के दिन गई हैं अवश्य मोक्ष मिलेगा" आदि आदि!

तभी दूसरी ओर छोटी बहू के विलाप का तीव्र स्वर उभरा जो रो रोकर बेहाल हुई जा रही थी। 'बहुत सेवा की बिचारी ने' एक वृद्धा बोली। 'भगवान ऐसी बहू सबको दे,' दूसरी आवाज आई।

तभी दो पुरूषों ने लाल कपड़ा व कुछ अन्य आवश्यक सामान घर की महिलाओं को दिया। उन्होंने हम सबको बाहर जाने के लिए कहा जिससे पार्थिव शरीर को अन्तिम यात्रा के लिए तैयार किया जा सके। "अच्छी किस्मत वाली थी जो सुहागन जा रही है," एक महिला ने उनके भाग्य की सराहना करते हुए कहा। "इतना बड़ा पर्व है सीधे स्वर्ग ही जायेगी," बार-बार सबके मुँह पर यह बात आ रही थी।

सामने का लॉन पुरूषों से भरा हुआ था, अतः महिलायें बगल वाले बरामदे में आ गईं। यद्यपि अधिकांश के लिए घुटनों के दर्द अथवा मोटापे के कारण इतनी देर तक जमीन पर बैठना बहुत कठिन हो रहा था किन्तु परम्परा के विरुद्ध ऊपर बैठ कर दिवंगत आत्मा के सम्मान को ठेस पहुँचाने का और उससे भी बढ़कर दूसरों की आलोचना का पात्र बनने का दुःसाहस किसी में नहीं था। अतः जैसे तैसे सब नीचे ही बैठ गईं। तभी दुबली-पतली साँवली सी यादव जी की भतीजी आई। गेट में घुसते ही 'हाय छोटी माँ' कहकर जोर-जोर से विलाप करती हुई अन्दर चली गई। गत वर्ष ही उसका विवाह हुआ था जिसकी अधिकांश तैयारी शकुन्तला जी ने ही बड़े मनोयोग से की थी।

दो बज चुका था। लॉन में कुछ हलचल हुई। शकुन्तला जी का पार्थिक शरीर अन्तिम दर्शन के लिए बाहर रख दिया गया। उपस्थित स्वजनों व परिजनों ने परिक्रमा की व पुष्प अर्पित कर अन्तिम प्रणाम करते हुए अश्रुपूर्ण विदाई दी। अरूणा व छोटो बहू बिलख रही थी। शकुन्तला जी की वृद्धा माँ की दशा देखी नहीं जा रही थी। बड़ा करुण दृश्य था। 'राम नाम सत्य है' की ध्वनि के साथ अन्तिम यात्रा प्रारम्भ हुई। सुनीता ने घड़ी देखी तो तीन बज चुका था। सोचा कि अब घर वापस चलेंगे किन्तु पता चला कि विनय भी भावुकतावश शव यात्रा के साथ ही चले गये हैं। महिलाओं की बातचीत से लगा कि पुरुषों के वापस आने पर ही जाना उचित है। यद्यपि श्मशान स्थल अधिक दूर नहीं था किन्तु फिर भी वापस आने में दो ढाई घंटे लगना तो निश्चित ही था। अतः कुछ महिलायें जिनके लिए जाना अपरिहार्य था और घर भी पास ही था, वे तो धीरे से चली गईं, बाकी धैयपूर्वक बैठ गईं। किन्तु, किसी भी परिस्थिति में इतनी देर शान्त बैठना असम्भव था।

मिसेज श्रीवास्तव के पास बैठी शर्मा जी की बहू ने बातचीत का सिलसिला शुरू किया, "आंटी आप कब आईं थीं?"

"मैं तो साढ़े नौ बजे ही आ गई थी। घर में बाबूजी को बुखार है, और जब से माताजी के पैर की हड्डी टूटी है उनका सब काम बिस्तर पर ही होता है। दोनों को नाश्ता कराके, घर के काम निबटाकर नाश्ता करने बैठी ही थी कि खबर मिली और फौरन ही चली आई।" दोपहर ढलने को थी। श्रीमती श्रीवास्तव को नाश्ते की याद आना स्वाभाविक ही था। इतने में ही पास बैठी दो वृद्धाओं के बीच चल रही चर्चा सुनाई दी, "ऐ, इनकी बड़ी बहू ना दिख रही है?"

"अरे तुम्हें नहीं मालूम? वो तो साल भर हो गया बच्चों को लेकर मायके गई तब से आई नहीं है। बेटा बहू में पटती नहीं थी, सास से भी झगड़ा करके गई है। बड़े घर की बेटी है, मायके का बड़ा गुमान था उसे। ऐसे समय में नहीं आई तो अब क्या आयेगी?"

"बेटी के ब्याह की चिन्ता भी भीतर ही भीतर खा रही थी बिचारी को," एक अन्य स्वर उभरा, "कहने को दो साल से रिश्ता तय है पर लड़की शादी के लिए राजी नहीं होती, दूसरे शहर में पढ़ाती है, अकेली रहती है। भगवान जाने उसके मन में क्या है?" सामने देखा तो गीले बालों को सुखाती हुई अरुणा घर के पालतू कुत्ते को कुछ खिला रही थी। घर की अन्य महिलायें भी स्नान आदि की व्यवस्था की तैयारी में थीं।

सुनीता ज्यादा किसी को जानती नहीं थी और चुपचाप बैठ कर बातचीत के बदलते रूख में संसार की परिवर्तनशीलता को देख रही थी। 'आज मरे कल दूसरा दिन' इस कहावत को माँ के मुख से कई बार सुना था, किन्तु यथार्थ तो उससे भी दो कदम आगे ही है, इसका प्रत्यक्ष दर्शन आज हो रहा था। सम्भवतः मनुष्य का कल्याण भी इसी में है अन्यथा जीवन दूभर हो जायेगा। कुछ भी हो, प्रकृति के कार्य नियमानुसार यथावत् चलते ही रहते हैं। पाँच बज चुका था। सूर्य देव के अस्ताचल की ओर गमन करते ही सर्दी ने अपना विकट रूप दिखाना प्रारम्भ कर दिया। सुनीता को अनुमान नहीं था कि इतनी देर हो जायेगी, अतः एक कार्डिगन ही पहन कर आ गई थी। जो महिलायें शाल भी लाई थीं,

उन्होंने ओढ़ लीं, बाकी अपने आप में ही सिकुड़कर ठंड से बचने की कोशिश करने लगीं।

गरम चाय की सम्भवतः सभी को याद आ रही थी। सहसा शकुन्तला जी का हँसता हुआ चेहरा सामने आ गया। कितने आग्रह से चाय के साथ गर्मागरम हलवा और पकौड़े स्वयं बनाकर खिलाती थीं। किन्तु वह सब अतीत के गर्भ में समा चुका था। थोड़ी ही देर में पुरूष थके हारे से वापस आ गये। यादव जी को देखकर लगा जैसे वह अपना सब कुछ गवाँ चुके हों। उनकी व्यथा को समझते हुए भी कोई कुछ कर नहीं सकता था। केवल समय ही धीरे-धीरे गहरे से गहरे घावों को भी भरने की सामर्थ्य रखता है। धीरे-धीरे सब उठकर जाने लगे।

घर पहुँचकर सुनिता ने घड़ी देखी तो साढ़े छः बजा था। स्नान करने के उपरान्त दोनों को ही भूख का अनुभव हुआ। किन्तु अवसाद और थकान के कारण ना तो कुछ बनाने की इच्छा थी और ना ही स्वाति के घर जाने की। सुबह पूजा के लिए बनाये गये तिल के लड्डू, कुछ पूरियाँ व सूखे आलू रखे थे, उन्हीं को खाकर सोने के लिए लेटे ही थे कि फोन की घंटी बज उठी। सुनिता ने रिसीवर उठाया तो पूनम थी, “दीदी एक शुभ समाचार सुना रहो हूँ। आज सुबह दस बजकर चालीस मिनट पर नेहा के बेटी हुई है, बहुत ही प्यारी है।” पहली बार दादी बनने की खुशी उसकी आवाज से स्पष्ट झलक रही थी। कालचक्र निर्बाध गति से घूम रहा था।

# 6
# रिश्ते और मिठास

दीपावली के बाद विभा प्रीति के घर गई तो वह त्यौहार पर आये मेहमानों के लिए निकाली गई क्राकरी व प्राप्त हुये उपहार सहेज कर रख रही थी। उसने बहुत ही खूबसूरत ढंग से पैक किया हुआ काजू बादाम पिस्ते आदि मेवा का डिब्बा उसे दिखाया जो सचमुच आकर्षक था। तभी प्रीति का चार वर्षीय बेटा शोभित आ गया। "मुझे काजू बादाम दो ना।" "नहीं बेटा, यह डिब्बा इतना सुन्दर है, अगले हफ्ते बुआजी और फूफाजी आने वाले हैं, यह तो उन्हीं को देंगे। अभी तू यह सेब खा ले, मैं बाद में और मँगवा दूँगी।" इसी अक्टूबर की बाइस तारीख को ही प्रीति की ननद रेखा की शादी हुई थी। प्रॉवीडेन्ट फन्ड से एक लाख रूपये का ऋण लेकर दिनभर ऑफिस के बाद बचे हुये समय में ही दौड़ धूप करके बड़े उत्साह और शौक से शादी की बहुत सी तैयारियाँ करके इलाहाबाद गई थी। उसके विवाह के बाद ससुराल में पहली शादी थी, अतः बड़ी बहू और भाभी की सभी जिम्मेदारियों को निभाने में प्रीति ने कोई कसर नहीं छोड़ी थी।

रेखा शादी के बाद पहली बार अपने पति विनोद के साथ घर आ रही थी। अतः प्रीति और रवि बहुत उत्साहित थे। विदाई में उन्हें देने के लिए साड़ी और सूट आदि पहले से लाकर रख लिए थे। छोटी बहन के लिए रवि के मन में भी बहुत स्नेह था। नन्हा भतीजा बुआजी के आने की खबर से बहुत खुश था, अतः उनके स्वागत के लिए काफी जोश था घर में। रेखा और विनोद के जाने के बाद एक दिन जब विभा प्रीति के घर गई तो चाय के साथ वही मेवे वाला डिब्बा उसने प्रस्तुत किया। "अरे यह रेखा को नहीं दिया?" "नहीं, उसे देने को मन ही नहीं किया।" बुझे मन से प्रीति बोली, "शादी के बाद पहली बार आई थी,

शोभित के लिए कपड़े या खिलौने लाना तो दूर चॉकलेट तक नहीं लाई। बस की लम्बी यात्रा में अपनी तबियत ठीक रखने के लिए खट्टी मीठी गोलियां पर्स में लाई थी, वही दे दी जिन्हें खाने से शोभित को ऐसी खाँसी हुई है कि आज तक दवा खा रहा है।" यह सुनकर विभा अवाक् रह गई और सोचने लगी कि यद्यपि लेन-देन अथवा उपहार के भौतिक मूल्य को सम्बन्धों की गहराई का मापदण्ड मानना सर्वथा अनुचित है किन्तु अवसर व परिस्थिति के अनुसार उनका भावात्मक मूल्य भी है। पारस्परिक व्यवहार में सन्तुलन बनाये रखने के लिए आदान प्रदान दोनों के ही महत्त्व को नकरा नहीं जा सकता। यही सब सोचते हुए चलते चलते विभा सोचने लगी, यदि सभी ऐसे हो जायें तो रिश्तों की मिठास का क्या होगा?

# 7

# शगुन का एक

प्रतिवर्ष होली पर कई वर्ष पूर्व की उस होली की याद तो आ ही जाती है जब हम लोग हैदराबाद में केन्द्रीय रिजर्व पुलिस बल के कैम्पस में रहते थे। यह एक ऐसा पुलिस बल है जहाँ सभी प्रान्तों के लोग मिल जुलकर रहते हैं और विविधता में एकता का सुन्दर समन्वय देखने को मिलता है। खान–पान, रहन–सहन, भाषा और रीति–रिवाजों में अन्तर होने के कारण विविध प्रकार के व्यंजनों के साथ–साथ अनेक रोचक अनुभवों का खट्टा मीठा स्वाद भी खूब मिलता है। फिर होली जैसे रंगारंग त्यौहार का तो कहना ही क्या! सभी अफसर और जवान मन्दिर के प्रांगण में राग रंग का हर्षोल्लास पूर्वक होली मनाते थे। मेरे पति होली खेलने के लिए तैयार होकर मन्दिर जाने के लिए निकल गये और कुछ समय पश्चात् महिलाओं की टोली हमारे घर आई। जी भरकर होली खेलने के बाद गुंझिया, पापड़ी आदि व्यंजनों का आनन्द लेने के लिए बाहर लॉन में ही बैठने की व्यवस्था थी। मैंने देखा कि श्रीमती यादव ने बैठते समय धीरे से अपने नीचे कुछ छिपा लिया है पर यही सोचा कि रंग–गुलाल आदि कुछ होगा। किन्तु जाते समय उन्होंने रंग से भीगा हुआ कपड़े का कोड़ा निकाला और चलते–चलते यह कहते हुए कि "शगुन का एक तो लगा ही दूँ," एक मेरे भी जड़ दिया। मैं देखती ही रह गई कि यह क्या हुआ? "शगुन का केवल एक" लगाने की उनकी इस विशेष मेहरबानी का तात्पर्य तो तब समझ में आया जब रंग से सरोबार पतिदेव ने अपनी दास्तान सुनाई कि मन्दिर जाते समय रास्ते में घूँघट निकाले एक ग्रामीण सी महिला ने अचानक ही उनके ऊपर कोड़ों की बौछार शुरू कर दी। वह इस अप्रत्याशित हमले से हैरान हो गये कि इस महिला को यह क्या हो गया है, और बड़ी मुश्किल से किसी तरह उनसे पीछा छुड़ाकर मन्दिर पहुँच पाये। उनकी दशा का जो रोचक

वृत्तान्त अपनी बालकनी से प्रत्यक्ष देख रही श्रीमती राजू ने सुनाया, उसे याद कर आज भी हँसी आ जाती है।

वस्तुतः वह श्रीमती यादव ही थीं। ग्रामीण परिवेश की होने के कारण सबके सामने कम ही आती थीं और पुरुषों से तो घूँघट निकालती थीं किन्तु फिर भी फाग खेलते समय कोड़ों से धुनाई करने की हरियाणा की परम्परा का निर्वाह करने से जरा भी नहीं चूकती थीं।

# ४

# और बेंच खाली ही रही

एक विवाह में सम्मिलित होने के लिए हमें भोपाल जाना था। यों तो व्यर्थ की भागदौड़ व आपाधापी से बचने के लिए ट्रेन के समय से काफी पहले स्टेशन पहुँचना इनका स्वभाव ही है किन्तु इस बार कुछ ज्यादा ही जल्दी पहुँच गये। प्लेटफार्म पर यात्रियों की सुविधा के लिए बनी बेंच बिल्कुल खाली थी किन्तु जीर्णशीर्ण मैले वस्त्रों में लिपटी कृशकाय भिखारिन बेंच के सामने बिल्कुल सटकर जमीन पर ही बैठी खाना खा रही थी। किसी यात्री द्वारा दी गई बची हुई बासी पूरियाँ एवं सब्जी आदि ही बेचारी का भोजन था जिसे किसी तरह धीरे-धीरे खा रही थी। हम लोग कुछ दूरी पर खड़े होकर प्रतीक्षा करते रहे कि वह भोजन समाप्त करके चली जायेगी तो बैठ जायेंगे, लेकिन उसे तो जैसे कोई जल्दी थी ही नहीं। हमारे पास पानी देखकर उसने पानी माँगा और फिर इतमिनान से धीरे-धीरे खाने लगी। खड़े-खड़े थकान महसूस होने पर उससे कहा कि थोड़ा सा खिसक जाये जिससे खाली पड़ी बेंच पर बैठा जा सके, किन्तु उसने तो मानो सुना ही नहीं। हम खड़े ही रहे। तभी एक मारवाड़ी दम्पत्ति भी वहाँ आ गई। भारी भरकम शरीर वाला ऊपर से नीचे तक गहनों से लदी सेठानी को देखकर लग रहा था जैसे वे लोग किसी शादी से वापस आ रहे हैं। सम्भवतः रात्रि जागरण और शादी की थकान के अतिरिक्त अत्यधिक मोटापे के कारण सेठानी के लिए अधिक देर खड़े रहना मुश्किल लग रहा था। अतः उन्होंने जरा डाँटते हुए भिखारिन से वहाँ से हटने के लिए कहा किन्तु उस पर कोई असर नहीं हुआ, बल्कि उनका बड़ा सा टिफिन कैरियर देखकर उनसे सब्जी माँगने लगी जिसे देने के सिवा उनके पास कोई चारा न था। कुछ देर प्रतीक्षा करके हार कर वे दोनों भी वहाँ से कुछ दूर हट कर खड़े हो गये। भिखारिन खाना खाती रही और बेंच खाली ही रही।

ट्रेन के आने का समय पास आ रहा था। धीरे-धीरे प्लेटफार्म पर गहमागहमी बढ़ने लगी। कुछ दूरी पर खड़े ठेले वाले ने स्टोव जला कर कड़ाही चढ़ा दी और पूरियाँ तलने की तैयारी करने लगा। तभी एक सूटेड बूटेड सरदारजी व बढ़िया पंजाबी सूट के ऊपर कश्मीरी कढ़ाई की शाल ओढ़े उनकी पत्नी जिनके हाथों में ढेर सारी सोने की चूडियाँ व कानों में हीरे के टॉप्स दूर से ही चमक रहे धे, जल्दी जल्दी वहीं आये जहाँ हम खड़े थे। आते ही महिला ने भिखारिन को देखकर जोर से कहा, 'चल परे हट, हमे यहाँ बैठना है,' किन्तु उसने तो जैसे वहाँ से ना हिलने का दृढ़ निश्चय कर रखा था। उनके रौब से जरा भी प्रभावित हुए बिना वह वहाँ से टस से मस भी नहीं हुई। काले चेहरे पर चमकती बड़ी-बड़ी आँखों से टुकुर-टुकुर देखती रही। रौबदार पंजाबी महिला के मुख पर झल्लाहट साफ दिख रही थी किन्तु वह और उनका परिवार सब असहाय से खड़े रहे और बेंच खाली ही रही।

तभी ट्रेन आ गई। कुली ने हमारा सामान अन्दर रख दिया। हम दोनों व अन्य यात्री भी यथास्थान बैठ गये। समय होने पर गार्ड ने सीटी दी और ट्रेन धीरे-धीरे खिसकने लगी। तभी मेरी निगाह उस भिखारिन पर पड़ी जो अपनी पोटली आदि समेटकर उस स्थान से हटने के उपक्रम कर रही थी। 'या देवी सर्वभूतेषु शक्ति रूपेण संस्थिता...' उसे देखकर सहसा मन में जागृत हुई इस भावना ने मुझे अभिभूत कर दिया। देखने में कृशकय, असहाय बेचारी सी वह अबला भी उसी सर्वशक्ति स्वरूपिणी का ही तो अंश है तभी तो हमारा आग्रह, सेठानी की डाँट और पंजाबी महिला का रौब कुछ भी उसे अपने स्थान से हटने के लिए विवश ना कर सका। वह बैठी रही, हम सभी खड़े रहे 'और खाली बेंच खाली ही रही।'

# 9

# अविस्मरणीय बस यात्रा

हमें जयपुर से चेन्नई (मद्रास) आने के लिए दिल्ली से शाम चार बजे की फ्लाइट पकड़नी थी। रिपोर्टिंग टाइम दोपहर दो बजे था। बस द्वारा जयपुर से दिल्ली एयरपोर्ट पहुँचने में पाँच घंटे तो लग ही जाते हैं। पिछले अनुभव से शिक्षा लेते हुए अनावश्यक टेन्शन से बचने के लिए हम दिसम्बर की कड़कती सर्दी में सुबह सात बजे ही घर से निकलकर पौने आठ बजे की बस से दिल्ली के लिए चल पड़े। एक सप्ताह पूर्व ही तो हम आर.टी.डी.सी. की गोल्ड लाइन बस द्वारा दिल्ली से जयपुर आये थे। वह अनुभव भी कुछ ऐसा था कि यदि आपबीती ना होती तो उस पर विश्वास करना भी कठिन था। दिल्ली की ठिठुरा देने वाली ठंड में सुबह देर तक छाये रहने वाले कोहरे और ट्रैफिक जाम को ध्यान में रखते हुए साढ़े दस बजे की बस पकड़ने के लिए पौने नौ बजे ही घर से निकल पड़े। बस तो मिल गई लेकिन बहरोड़ मिड वे पर रूकी तो पता चला एक टायर पंक्चर है। वैसे भी यात्रियों की सुविधा के लिए यहाँ बस रूकती ही है। गर्मागरम इडली, डोसा, वड़ा, काफी, चाय, लस्सी आदि सब तैयार मिलते हैं। पन्द्रह बीस मिनट में सब आगे की यात्रा के लिए तैयार हो जाते हैं। इस बार टायर बदलने के कारण कुछ अधिक देर लगी पर कुछ खास महसूस नहीं हुआ लेकिन कुछ ही आगे जाने पर पटाखे की आवाज के साथ बस रूकी तो पता चला कि पुनः वही टायर पंक्चर हो गया है। सरकार की इकॉनामी ड्राइव के कारण बस में कंडक्टर भी नहीं था। अकेला ड्राइवर परेशान सा हो रहा था। भगवतकृपा ही समझिये कि बिल्कुल ही पास एक छोटा सा ढाबा गाड़ी में हवा भरने की सुविधा और एक एस.टी.डी. बूथ भी उपलब्ध था। कुछ चारपाइयाँ भी पड़ी थीं जिन पर दूर-दूर से आने वाले ट्रक ड्राइवर

विश्राम कर सकें। एक बूढ़ी महिला जिनके पैरों में तकलीफ थी, चारपाई पर ही लेट गई और बार-बार हिदायत देती रही, "अगर मैं सो जाऊँ तो जगा जरूर देना।" ड्राइवर पंक्चर ठीक करवाने लगा। मोबाइल से हमने और सभी ने अपने गन्तव्य पर देर से पहुँचने की सूचना दे दी। लगभग पौन घंटे बाद बस चली तो यात्रियों ने चैन की साँस ली लेकिन यह क्या? दस मिनट भी नहीं हुए थे कि पुनः पटाखे की तेज आवाज के साथ बस रूक गई, विश्वास मानिये इस बार एक नहीं दो टायर पंक्चर हो चुके थे। बदलने के लिए दूसरा टायर भी नहीं था। इस स्थिति में दो उपाय थे—या तो दिल्ली या जयपुर से दूसरी बस आये अथवा जयपुर जाने वाली अन्य बसों को रोककर थोड़े-थोड़े यात्रियों को एडजस्ट करके भेजा जाए। दूसरी बस आने में बहुत समय लगता, अतः यही विकल्प सही समझा गया। जिन्हें जयपुर से आगे जाने के लिए ट्रेन पकड़नी थी उन्हें विवश होकर टैक्सी लेनी पड़ी। हम दोनों भी एक बस में किसी तरह टिककर बैठ गए। कन्डक्टर ने पतिदेव की असुविधा को समझते हुए पानी की बोतलों के खाली बॉक्स पर बैठ जाने का विकल्प दिया जो बहुत सुविधाजनक तो नहीं था पर मजबूरी थी। तभी एक युवक ने खड़े होते हुए कहा, "अंकल, आप यहाँ बैठ जाइये" और स्वयं उस बॉक्स पर बैठ गया। आज के युग में जब अधिकांश लोग दूसरों के प्रति असहिष्णु और संवेदनहीन होते जा रहे हैं, विशेष रूप से युवावर्ग में बुजुर्गों के प्रति आदर व सम्मान का भाव दुर्लभ हो रहा है, उस अनजान युवक के व्यवहार से मन को बड़ी खुशी व सन्तोष मिला कि ऐसे अच्छे संस्कार वाले युवा भी हैं। इन्होंने उसे हृदय से आर्शीवाद दिया। यह बस निर्बाध गति से चली और रात नौ बजे हम जयपुर पहुँच गये। पाँच छह घंटों के बजाय लगभग बारह घंटों में पूरी होने वाली यह बस यात्रा काफी रोमांचक रही।

अब आगे देखिये। हमारी जयपुर से दिल्ली एयरपोर्ट तक की यात्रा शुरू तो हुई, किन्तु विधि का विधान, इस बार भी जाने किस महूर्त से निकले कि लगभग डेढ़ दो घंटे बाद कोटपुतली पहुँचते-पहुँचते बस का टायर पंक्चर हो गया। गनीमत थी बस स्टैंड पर बस रूकी थी। कड़कती

ठंड में सुबह–सुबह घर से निकले हुए प्रायः सभी यात्री जनसुविधाओं की तरफ भागे। दुर्भाग्यवश हमारे देश में कोटपुतली जैसी छोटी सी जगह में जनसुविधा का उपयोग करने के लिए बड़ा साहस जुटाना पड़ता है। उस भीषण गन्दगी में हाथ धोने के लिए नल की ओर जाने की हिम्मत ही नहीं हुई और मैं बिना हाथ धोये ही वापस आ गई। दस बजने वाले थे। बस का टायर बदलने में कुछ समय बाकी था, अतः सर्दी में धूप का आनन्द लेने के लिए सब बाहर ही खड़े थे। मेरे मन में हाथ नहीं धोने के कारण कुछ कचोट सा रहा था। बस में से पानी लेने के लिए सोच ही रही थी कि देखा कि हमारी सहयात्री पढ़ी लिखी सभ्य सी दिखने वाली आधुनिका युवती बस में मिलने वाली पानी की बोतल हाथ में लिए खड़ी है। मुझे भी न जाने कहाँ से आकर आलस्य ने घेर लिया और बस में चढ़कर अपनी बोतल लाने के कष्ट से बचने मात्र के लिए मैंने उसकी ओर हाथ बढ़ाते हुए कहा, "हाथ धोने के लिए जरा सा पानी दे दो।"

"यह तो पीने का पानी है," वह तुनक कर बोली। "जरा सा ही तो चाहिये," मैंने कहा तो, "आप पूरी बोतल ही ले लो," उसने और भी चिढ़ते हुए कहा। किन्तु पानी देना तो दूर अपना मुँह दूसरी ओर फेर लिया। अपनी बेटी से भी कम आयु वाली युवती के मात्र दो चार बूँद पानी के लिए ऐसे अशिष्ट और रूखे व्यवहार से मैं हतप्रभ सी रह गई। मन क्षुब्ध हो गया। कुछ ही दूर पर खड़ी एक महिला जो यह सब देख रही थी, तुरन्त अपनी पानी की बोतल मुझे देते हुए बोली, "आप ये ले लीजिये।" मैंने उन्हें धन्यवाद देते हुए कहा, "बात केवल पानी की नहीं है। दुःख और आश्चर्य तो इस बात का है, आज की यह दिग्भ्रमित युवा पीढ़ी कहाँ जा रही है और आगे जाकर क्या करेगी?"

लेकिन बात यहीं पर समाप्त नहीं हुई। युवती को मेरा उस महिला से बात करना भी नागवार लगा। तुरन्त पास आकर कहने लगी, "आपको माँगने की तमीज होनी चाहिये।" उसका यह दुस्साहस नितान्त अनपेक्षित था। "अच्छा तो हमें तुमसे तमीज सीखनी पड़ेगी?" कहते हुए मैं बस में चढ़ गई जो अब तक ठीक हो गई थी। अन्य यात्री भी

धीरे-धीरे आ गये और हल्के झटके के साथ बस चल पड़ी। किन्तु मुझे जो झटका लगा उससे उबरना बहुत कठिन लग रहा था। भौतिक उपलब्धियों को सब कुछ मानने वाली मानवीय संवेदनाओं से दूर होती हुई दिशाहीन सी यह युवा पीढ़ी कैसे परिवार, समाज व देश का निर्माण करेगी? इस दुश्चिन्ता ने मुझे अन्दर तक झकझोर दिया था। मैंने पतिदेव को जो कुछ पहले से ही बस में बैठकर अखबार की सुर्खियों पर नजर दौड़ा रहे थे सारी घटना बताई। मुझे विचलित देखकर कहने लगे, "तुम परेशान मत हो। दुनिया में सब तरह के लोग हमेशा से हैं और रहेंगे। क्या तुम इतनी जल्दी उस अनजान युवक को भूल गई जिसने दिल्ली से आते समय स्वेच्छा से अपनी सीट मुझे दे दी थी और स्वयं प्लास्टिक के डिब्बों पर बैठ गया था?"

मुझे अपनी भूल का एहसास हुआ और मन को शान्ति मिली, किन्तु मन बड़ा चंचल है। कुछ ही क्षणों बाद एक नया प्रश्न मन में उभरने लगा कि समाज में युगों से चले आ रहे लिंगभेद के कारण उत्पन्न विषमताओं को मिटाकर लड़कों की समानता करने या उनसे भी आगे बढ़ने की प्रतिस्पर्धा में कहीं लड़कियाँ संवेदनशीलता, सहानुभूति, बड़ों के प्रति आदर, विनय व शिष्टता जैसे कोमल, सहज, स्वाभाविक मानवीय गुणों की अवहेलना करके अकारण ही अशिष्ट, उद्दण्ड व उच्छृंखल बनने की भूल तो नहीं कर रहीं? जबकि किसी भी दिशा में वास्तविक उन्नति करने के लिए सबसे पहले अच्छा मनुष्य बनना परम आवश्यक है। यह प्रश्न गम्भीर परिचर्चा व विमर्श का विषय है। अतः इसे भविष्य के लिए स्थगित करके खट्टे मिट्ठे अनुभवों से भरपूर इस अविस्मरणीय बस यात्रा के विवरण को यहीं विराम देती हूँ।

# 10

# चेतावनी

जून 1988 की बात है। हम सपरिवार कलकत्ता से हैदराबाद जा रहे थे। जल्दी में कार्यक्रम बना था। आरक्षण के लिए पर्याप्त समय नहीं था। किसी तरह से एक कूपे और तीन बर्थ दूसरे कम्पार्टमेन्ट में मिल सकीं थीं। दिन की यात्रा तो साथ ही बैठकर खाते-पीते, ताश खेलते, गपशप अथवा मार्ग में आने वाले प्राकृतिक दृश्यों का अवलोकन करते हुए व्यतीत हुई किन्तु रात्रि के भोजन के पश्चात् सोने के लिए बच्चों को दूसरे डिब्बे में जाना पड़ा। दोनों बेटियाँ अपना हैंडबैग जिसमें कुछ रूपये और जरूरत की अन्य वस्तुएँ थीं, हमारे पास ही रख गई थीं। मेरे पति ऊपर की बर्थ पर और मैं नीचे वाली सीट पर सो गई थी। कूपे को अन्दर से बन्द कर लिया था। अतः डर की कोई बात नहीं थी। रात में शायद एक या दो बजा था, मुझे बाथरूम जाना था। इन्हें देखा तो यह गहरी नींद में सो रहे थे। एक बार मन में आया कि जगाकर बाहर जाऊँ लेकिन 'जैसी होत भवितव्यता।' तुरन्त ही लगा दिनभर विशाल कलकत्ता नगर के भ्रमण की भागदौड़ की थकान से थके हुए हैं, दो ही मिनट की बात है इन्हें क्यों जगाना? प्रथम श्रेणी में सुरक्षा के लिए गार्ड होता ही है। बस इस सोच विचार के बाद बाहर आई तो देखा, मैली सी ही किन्तु खाकी वर्दी पहने पैर आगे को फैलाये हुए हट्टा-कट्टा सा आदमी गार्ड की सीट पर बैठा था। दरवाजा खुला था, गाड़ी तेज गति से आगे बढ़ रही थी। बाहर आने पर पुनः मन जरा सा ठिठका किन्तु मन की आवाज की उपेक्षा करते हुए मैं आगे बढ़ गई। उसने पैर पीछे करके जाने का रास्ता दे दिया। वापस आने पर भी वह वैसे ही बैठा था। मैंने विशेष ध्यान भी नहीं दिया और जल्दी से आन्दर से सिटकनी बन्द कर ली और पुनः सो गई। बहुत से लोग कहते हैं, हमें तो ट्रेन में नींद ही नहीं आती पर मैं तो खूब सो लेती हूँ।

सुबह लगभग छह बजे पतिदेव बाथरूम से वापस आये तो कुछ भयभीत और घबराये हुए से बोले, "देखो अगला स्टेशन आने तक उधर मत जाना, कुछ गड़बड़ लगती है। पुलिस को रिपोर्ट करनी पड़ेगी। दो लेडीज बैग खुले पड़े हैं और सामान भी बिखरा हुआ है।" मैं यूँ तो काफी देर से जाग रही थी, पर उठकर भी क्या करूँगी, यह सोच कर लेटी थी। इनकी बात सुनकर झटका सा लगा और एकदम उठकर देखा, अरे, हमारे दोनों बैग कहाँ हैं? सीट पर देखा तो दोनों बैग गायब। वहाँ जाकर देखा तो सचमुच हमारे दोनों बैग खुले हुए पड़े थे। आसपास कुछ सामान– जैसे हेयर ब्रश, कंघा, लिपस्टिक, रूमाल आदि बिखरे हुए थे। सब उठाकर वापस आने पर देखा कि क्या-क्या वस्तुएँ गायब हैं? उनमें सबसे महत्त्वपूर्ण कलकत्ता से हैदराबाद तक के टिकट थे जो अन्दर वाली छोटी जेब में रूपयों के साथ रखे थे। ईश्वर की कृपा से रूपये अधिक नहीं थे क्योंकि चलते समय एक हजार नौ सौ छप्पन रूपये होटल के बिल की अदायगी के लिए इन्हें दे चुकी थी। दूसरी चीजें थीं, पूरे सामान और घर की चाबियाँ, जिनके बिना घर में घुसना मुश्किल था। तभी इन्होंने पूछा "तुम्हारी घड़ी कहाँ है?"

"वह भी तो सोने से पहले बैग में ही रख दी थी। बहुत पुरानी थी," कुछ सफाई सी देते हुए मैंने कहा। तभी बच्चे भी आ गये। हमें परेशान देखकर वे भी घबरा गये। पूरी बात हो जाने पर विचार किया गया कि अब क्या करना चाहिये? गार्ड वाली सीट को देखा तो वह तो खैर खाली ही थी। बिना टिकट यात्रा करना खतरे से खाली भी नहीं था। अतः अगला स्टेशन आते ही इन्होंने पूरी घटना का विवरण टिकट नम्बर के साथ लिखकर स्टेशन मास्टर को दे दिया। साथ ही ईश्वर को धन्यवाद भी दिया कि टिकट नम्बर पहले ही अपनी डायरी में नोट कर लिए थे जिसके कारण आगे की यात्रा में असुविधा नहीं हुई। हाँ, एक चीज के बारे में सोचकर तो हँसी ही आई और साथ ही उस भले मानुष पर थोड़ा तरस भी कि उसे कितनी निराशा हुई होगी उस सिन्दूर की डिबिया को पाकर जिसके खुलकर बिखर जाने के डर से अत्यन्त सावधानी से रूमाल में बाँधकर बैग में रखा गया था और निश्चय ही

किसी कीमती वस्तु की आशा में वह ले गया होगा। खैर, उस पर जो भी बीती हो किन्तु मेरे मन पर आज जब यह घटना दस्तक दे रही है तो सबसे पहले तो सम्पूर्ण जगत के स्वामी व रक्षक के सम्मुख मस्तक कृतज्ञता, श्रद्धा से झुक जाता है, जिसने एक बड़े संकट से रक्षा की और चेतावनी देकर भविष्य के लिए सचेत कर दिया, अन्यथा रात के उस सन्नाटे में जो कुछ हो सकता था, उसकी कल्पना मात्र से रोंगटे खड़े हो जाते हैं। आये दिन होने वाली मनुष्य की क्रूरता, नृशंसता एवं बर्बरतापूर्ण घटनाओं का ब्योरा पढ़ने व सुनने के पश्चात् उस अनजान व्यक्ति के प्रति भी सहानुभूति और सद्भावना ही जागृत होती है और यही विचार आता है कि बेचारा गरीब तो था पर मानव ही था, मनुष्य के रूप में दुर्दान्त पशु नहीं।

# 11

# चटपटी चने की दाल

मेरा छह वर्षीय नाती प्रभास खूब चटपटी मिर्च-मसालेदार तली हुई चने की दाल कटोरी में लेकर चम्मच से बड़े ही चाव से खा रहा था। मुझे मन ही मन हँसी आ रही थी कि यह वही प्रभास है जो भोजन करते समय सब्जी में रंचमात्र मिर्च होने पर शोर मचा लेता है और मीठे दही या मलाई से रोटी खाकर तृप्त होता है। कैसे इतनी चटपटी दाल बिना उफ किये स्वाद लेकर खा रहा है? अर्थात् सुविधावादी होना मनुष्य की जन्मजात प्रवृति है।

तभी अतीत के एक कोने से तेज झोंका सा आया और स्मृति पटल पर लगभग साठ वर्ष पूर्व का दृश्य मानो साकार हो गया। पिताजी की नियुक्ति उत्तर प्रदेश में छोटी-छोटी पहाड़ियों से घिरी प्राकृतिक सौन्दर्य से भरपूर चरखारी नाम की छोटी सी रियासत में थी। घर के सामने बहुत बड़ा सा सुन्दर तालाब और उसके किनारे साथ-साथ दो भाइयों द्वारा बनवाये गये गुमान जी और गोपाल जी नाम से प्रसिद्ध राधा-कृष्ण और गोवर्धनधारी गोपाल जी के भव्य मन्दिर थे। हम लोग प्रायः प्रतिदिन ही दर्शन के लिए मन्दिर जाते अन्यथा सुबह शाम आरती के समय घंटे घड़ियाल की गूँज घर तक सुनाई देती, धूप अगरबत्ती की सुगन्ध से समस्त वातावरण सुगन्धित व पवित्र रहता था।

घर के कम्पाउण्ड में पीछे जंगल जलेबी के पेड़ों की कतार के अलावा अमरूद, करौंदे, बेर, खुमानी आदि के पेड़ लगे थे। मौसम गर्मी का हो या सर्दी का, छुट्टी के दिन हम भाई-बहनों की दोपहर सर्दी गर्मी की परवाह किये बिना अमरूद के पेड़ पर चढ़कर कच्चे पक्के अमरूद या बेर, करौंदे आदि तोड़कर खाते या छुपम छुपाई या विष-अमृत जैसे खेल निश्चिन्त भाव से खेलते हुए बीतती थी। शाम को

घर के बड़े से आँगन में कबड्डी, गुल्ली-डंडा, सतौलिया (पिठ्ठू) के अलावा गिट्टे, सिकुड़ी, रस्सी कूदना आदि लड़कियों के खेल बिना भेदभाव के मिलकर खूब खेलते थे। एक बार माँ के हाथ से बनाई गई गुड़िया-गुड्डे का ब्याह भी धूमधाम से रचाया गया।

प्रत्येक मंगलवार को घर के पास ही हाट लगती थी। माँ घर गृहस्थी की जरूरत का सामान खरीदती और दो ढाई आने (एक रूपये में सोलह आने यानि इकन्नी, आठ दुअन्नी, चार चवन्नी और दो अठन्नी होती थी) में मिलने वाले गुब्बारे, सीटी, गेंद, लकड़ी के बने लट्टू, फिरकनी, भोंपू, लाख के बने रंगबिरंगे गुट्टे जैसे खेल खिलौने पाकर हम बच्चे धन्य हो जाते थे। रंग-बिरंगी चूड़ियाँ और ढाई आने की पीतल की चेन या मोतियों की माला और माँ द्वारा सिली हुई सुन्दर फ्राकें पहनकर ऊपर से बिन्दी और नाखून पॉलिश लगाकर सुमन दीदी और मैं स्वयं को विश्व सुन्दरी से कम नहीं समझते थे।

आज महानगरों के कई-कई मंजिल ऊँचे फ्लैट्स में प्रातः उठकर सुन्दर टाइल्स वाले फर्श को छूकर धरती माँ के स्पर्श की भावना कर लेते हैं। बेचारे बच्चों पर तो दया ही आती है। घर के अन्दर खेलने पर 'गेंद जोर से मत फेंको, टी.वी. घड़ी, फूलदान या और कुछ टूट जायेगा,' बालकनी में खेलें तो हर समय बॉल लाने नीचे कौन जाये? नीचे जाकर खेलें तो किसी की कार या खिड़की का शीशा टूटने का डर, घर में धमाचौकड़ी करें तो नीचे रहने वाली ऑन्टी की शिकायत का डर यानि बेचारे निश्चिन्त होकर खेल ही नहीं सकते। आज की शिक्षा प्रणाली ने छोटे-छोटे बच्चों से भी बाल सुलभ चंचलता और मस्ती छीन ही ली है। सुबह-सुबह भारी भारी बैग लेकर कुछ खाये या बिना खाये स्कूल के लिए निकलने, फिर शाम को आकर कपड़े बदलने, खाना खाने व होमवर्क करने के बाद खुले वातावरण में खेलने का समय ही कहाँ मिलता है! बेचारे थक भी जाते हैं। कहीं-कहीं तो स्कूल से आकर उन्हें पुनः बैग लटकाये ट्यूशन पढ़ने के लिए जाते और अँधेरा होने पर घर आते हुए देखा जा सकता है। मनोरंजन के लिए बेचारे कम्प्यूटर, मोबाइल, स्मार्ट फोन या विडियो गेम्स में आँखें गढ़ाये बैठे दिखाई पड़ते

हैं। जिसका परिणाम आँखों पर चश्मा लगाने वाले छोटे-छोटे बच्चों की बढ़ती संख्या है। समय की माँग कहें या विज्ञान की देन, ऐसे उपकरण भी हैं जिससे आउटडोर गेम भी टी.वी. स्क्रीन पर बिना दौड़ भाग किये रिमोट कन्ट्रोल से खेले जा सकते हैं। यहाँ तक कि छोटे से बैट को हाथ की उँगली में अँगूठी जैसे पहनकर चाइनीज चैकर की गोली के बराबर गेंद और उसी के अनुरूप विकेट से क्रिकेट जैसा बड़े से ग्राउण्ड में खेला जाने वाला गेम घर के एक कोने में बैठकर खेलने का उपकरण हमारे पोतों के पास भी है। छोटे बच्चों की तीन पहिये वाली साइकिल, वह बेबी कार भी बैटरी से चलने वाली आ रही हैं जिनमें बच्चों को पैर चलाने की भी जरूरत नहीं पड़ती। यानि अज्ञानवश शारीरिक व्यायाम और क्रियात्मकता पर विराम लगाने की पूरी व्यवस्था हो रही है। जबकि बच्चों के बौद्धिक और मानसिक विकास के लिए खेलना और व्यायाम भी उतना ही जरूरी है जितनी पढ़ाई लिखाई।

पढ़ाई की बात से दूर तक जाती स्मृतियों की उड़ान पुनः चरखारी की 'आर्य कन्या पाठशाला' जा पहुँची है। यह मेरी प्रथम पाठशाला थी। हमारे घर से अगला ही गेट पाठशाला का था। छोटी-सी जगह का शान्त और एकदम सुरक्षित वातावरण। मैं और सुमन दीदी दौड़ते भागते मिनटों में स्कूल पहुँच जाते। आजकल की तरह पहले प्ले स्कूल, फिर नर्सरी स्कूल, एल.के.जी., यू.के.जी., फिर प्रथम कक्षा उस समय चरखारी जैसी छोटी जगह में नहीं था। पहली कक्षा से आठवीं कक्षा तक का स्कूल था। बड़ी दीदी ने घर में ही इतना पढ़ा दिया था, सीधे चौथी कक्षा में दाखिला हो गया और फर्स्ट रैंक आया। इस प्रकार चरखारी की कन्या पाठशाला से मेरी स्कूली पढ़ाई शुरू हुई थी। ग्रामीण वातावरण था किन्तु पढ़ाई का स्तर और पढ़ाने का ढंग बहुत अच्छा था। बड़े-बड़े व खूब खुले हवादार क्लास रूम और खेलने के लिए बड़ा सा कम्पाउण्ड। कुछ दूर हटकर शिक्षिकाओं के क्वार्टर थे। उन्हें हम अध्यापिकाजी कहकर सम्बोधित करते थे। लच्छो अध्यापिकाजी सीधी, सरल व हँस मुख थीं। वह कभी-कभी अपने ढाई-तीन वर्षीय बेटे मुन्ना के साथ हमारे घर भी आती थीं। अबोध बालक थोड़ी ही देर में बोर होने पर बार-बार कहता,

"अम्मा तलो, अम्मा तलो (अम्मा चलो)।" तभी माँ घर के सेवक से कहती, ''काशी, चाय बनाओ, लड्डू मठरी भी लाना।'' इतना सुनते ही मुन्ना चुपचाप बैठ जाता और खा पीकर ही घर जाने का नाम लेता। उसके इस बाल सुलभ व्यवहार का सब खूब मजा लेते थे। साँवली लम्बी पतली सी कक्की अध्यापिकाजी कर्कश, कठोर और अनुशासन प्रिय थीं। उनसे सब छात्रायें डरती थीं। वह पढ़ाती बहुत अच्छा थीं। मुक्ता बहनजी सबसे अलग थीं। गौरवर्ण, छरहरा शरीर, आयु 20–22 वर्ष के लगभग। चेहरे पर सौम्यता और करुणा की झलग। हमेशा सफेद साड़ी पहनती थीं। सम्भवतः विधवा थीं। सभी कक्षाओं को हिन्दी पढ़ाती थीं। मध्यावकाश के समय बरामदे में सीढ़ियों के पास खम्भे से टिककर बैठ जातीं। पास में एक थैला रहता जिसमें तली हुई चने की दाल की तिकोनी पुड़ियाँ रहतीं जो इकन्नी की एक होतीं। स्वाद वही जो आज प्रभास की कटोरी वाली दाल का था, जिसने आज स्मृतियों के मुक्ताकाश में कहाँ से कहाँ पहुँचा दिया। याद आ रहा है, कभी कभी माँ दाल की पुड़ियाँ घर लाने के लिए चार आने देतीं और घर में सब चाय के साथ मुक्ता बहनजी वाली चटपटी चने की दाल का स्वाद लेते थे।

"माँ चाय बन गई है, आइये," प्रज्ञा की आवाज और चाय की मोहक महक ने स्मृतियों की इस ऊँची उड़ान को सहसा विराम दिया और शेष फिर कभी के लिए छोड़कर मैं भी गर्म चाय के साथ 'चटपटी चने की दाल' का अद्भुत स्वाद लेने जाती हूँ।"

## 12

# स्मृतिपटल पर मुज्जफरनगर

इस युग में नैतिक मूल्यों व सिद्धान्तों को ताक पर रखकर देश व जनता की भलाई की परवाह किये बिना निजी स्वार्थ को सर्वोपरि मानने वाले भ्रष्ट नेताओं की साम्प्रदायिक राजनीति के कारण सुर्खियों में आये उत्तर प्रदेश के प्रमुख नगर मुज्जफरनगर के दो मर्मस्पर्शी रोचक प्रसंग हैं।

बीसवीं सदी के पचासवें दशक में वहाँ के स्वास्थ्य अधिकारी के पद पर पिताजी की नियुक्ति थी। गाँवों की स्वास्थ्य सम्बन्धी समस्याओं व सफाई आदि के निरीक्षण व हैजा, चेचक जैसे संक्रामक रोगों से बचाव के लिए टीकाकरण हेतु उन्हें जिले के गाँवों में जाना पड़ता था। हम बच्चे और हमारी ममतामयी माँ भी वहाँ के शुद्ध वातावरण व प्राकृतिक सौन्दर्य का आनन्द लेने के लिए उनकी जीप में बैठ जाते थे। ग्रामवासियों का सहज, सरल जीवन एवं गन्ने के मीठे रस, ताजा बनते हुए गुड़ की अद्‌भुत महक, खेत से तोड़े गये हरे चने की बूट जैसी उनके लिए सहज प्राप्य किन्तु हमारे लिए दुर्लभ वस्तुओं से किया गया उनका निश्छल सत्कार हमें मुग्ध कर देता था।

पिताजी के साथ टीका लगाने के लिए कम्पाउण्डर व अन्य सहायकों की टीम होती थी। हाथ पकड़े बिना टीका लगाना सम्भव नहीं है। एक परिवार के सभी सदस्यों ने तो टीका लगवा लिया परन्तु घर की बहू लम्बा घूँघट काढ़े पीछे ही खड़ी रही। उसका कहना था कि किसी पराये पुरूष को वह अपना हाथ नहीं छूने देगी। उसकी भावनाओं का सम्मान करते हुए पिताजी के कहने पर हमारी दीदी ने बहू का हाथ पकड़ा, स्पिरिट लगी रूई से साफ किया, तब कम्पाउण्डर ने टीका लगाया।

इस परिप्रेक्ष्य में पाश्चात्य सभ्यता के रंग में आधुनिकता की ओट में नैतिक मूल्यों व मर्यादा की सीमाओं का उल्लंघन कर सार्वजनिक

स्थलों में भी किये गये युवा वर्ग के उच्छृंखल व्यवहार एवं अभद्र प्रदर्शन को देखकर मन विक्षुब्ध हो जाता है। ये दिग्भ्रमित युवा यदि समाज व देश के प्रति अपने कर्त्तव्यों का पालन करते हुए जागरूक होकर निर्माण कार्य में एकजुट होकर लग जायें तो निश्चय ही समाज व देश के साथ साथ उनका भविष्य भी उज्ज्वल होगा। इसके लिए सर्वप्रथम अपना चरित्र निर्माण करना होगा। साथ ही तीव्र इच्छाशक्ति एवं दृढ़ संकल्प की भी आवश्यकता है।

इसी समय की एक दूसरी रोचक घटना भी उल्लेखनीय है। लोकप्रचलित एक मान्यता के अनुसार 'हिचकी' आने पर प्रायः कहा जाता है 'कोई याद कर रहा है।' उसका नाम लेने पर हिचकी बन्द हो जाती है। मुज्जफरनगर में ही हमारे घर के पीछे के भाग में बने क्वार्टर में घर का सेवक राजा राम अपनी पत्नी कमला के साथ रहता था। एक दिन वह किसी काम से अकेला ही अपने गाँव गया। उसके जाने के कुछ ही घंटे बाद उसके घर से रोने की आवाज आने लगी। माँ तुरन्त ही कारण पता करने गई तो देखा कमला फूट फूटकर रो रही है। घबराकर उन्होंने कारण पूछा तो वह रोते-रोते बोली, "ये गाँव गये हैं, पता नहीं ठीक से पहुँचे हैं या नहीं।" माँ ने समझाते हुए कहा, तू ऐसे क्यों सोच रही है। आज ही गया है, पहुँच ही गया होगा। चिट्ठी आने में एक दो दिन तो लगेंगे ही (वह मोबाइल फोन का जमाना नहीं था।)

वह बोली, "मुझे तो लग रहा है कि वे ठीक से पहुँचे नहीं हैं क्योंकि अगर घर पहुँच गये होते तो मेरी याद और बात जरूर करते, तब मुझे हिचकियाँ आतीं पर मुझे तो आ ही नहीं रही।"

अत्यन्त भोलेपन और पूरे विश्वास के साथ दिये गये उत्तर ने हमें निरुत्तर और हँसने के लिए विवश कर दिया।

# 13
# प्रतिबिम्ब

हमें दिल्ली से चेन्नई आये हुए कुछ ही दिन हुए थे। गृहस्थी के लिए अत्यन्त महत्त्वपूर्ण व्यक्ति यानि घर में झाड़ू पोंछा बर्तन आदि करने के लिए एक कामवाली बाई की खोज चल रही थी। कई उम्मीदवार महिलायें आईं पर कुछ बात नहीं बन पाई। भाषा की समस्या के कारण अपनी बात उन्हें समझाना और उनकी बात समझना भी एक टेढ़ी खीर थी। ऐसी स्थिति में सामने वाली पड़ोसन श्रीमती सोनी जो राजस्थान की थीं और कई वर्षों से चेन्नई में रहने के कारण तमिल भाषा बोलना सीख चुकी थीं, बातचीत का माध्यम बनती थीं।

एक दिन कालबेल बजी। देखा तो एक अधेड़ महिला और एक युवती काम के लिए ही आई थी। सम्भवतः जलने या किसी अन्य दुर्घटना के कारण बुरी तरह से विकृत महिला का चेहरा देखकर मन वितृष्णा और करुणा से भर गया। यह प्रतिक्रिया भी हुई कि प्रतिदिन सुबह-सुबह यही चेहरा देखना पड़ेगा इसलिए इसे तो काम के लिए नहीं रख सकेंगे। श्रीमती सोनी की सहायता से बातचीत करने पर पता चला और मन को तसल्ली हुई कि युवती ही काम करना चाहती है। अगले दिन सुबह से काम पर आने की बात करके वे दोनों चली गईं।

उनके जाने पर न जाने कहाँ से पुरातन ऋषि अष्टावक्र की कथा मन में कौंध गई। शरीर आठ जगह से विकृत होने के कारण उनका नाम ही अष्टावक्र रख दिया गया था। उनके पिता राजा जनक की सभा में मन्त्री थे। अपने पिता से मिलने हेतु सभा में आये बालक की शारीरिक विकृतियों को देखकर सभी सभासद उपहासवश जोर से हँस पड़े। इस पर ब्रह्ज्ञानी अष्टावक्र ने अविचलित भाव से राजा को सम्बोधित करते हुए कहा, राजन् मैंने तो सुना था कि आपकी सभा में बड़े-बड़े विद्वान और ज्ञानी पपुरूष हैं किन्तु मैं देख रहा हूँ कि यहाँ तो सब चर्मकार ही

हैं जिन्हें केवल चमड़ी की ही पहचान है। उसके अन्दर छुपे हुए 'तत्व' को जो सबमें एक ही है वे जानते ही नहीं।

तत्व ज्ञानी बालक के ज्ञान गर्भित वचनों से प्रभावित राजा जनक ने अष्टावक्र से क्षमा प्रार्थना की व उन्हें अपना गुरू मान लिया। न जाने क्यों दूसरे दिन वह युवती भी काम पर नहीं आई। वह बेचारी महिला किस हादसे या किसकी प्रताड़ना का शिकार हुई होगी जिसके कारण उसकी यह दुर्दशा हुई, हमें पता नहीं चल पाया। हाँ, चंचल मन की संकुचित वृत्ति का वह क्षण बीत जाने पर मुझे यह अहसास अवश्य हुआ कि बाहरी रूप, रंग व शारीरिक संरचना ईश्वर प्रदत्त है। दुर्घटनावश या प्राकृतिक आपदा के कारण शारीरिक विकृति भी नियति की ही देन है जो कभी भी किसी के भी साथ हो सकती है। इस सत्य को भूलकर किसी के बाह्य आवरण जो परिवर्तनशील और नश्वर है, को देखकर उसके प्रति कोई धारणा बनाना अपने ही अज्ञान और संकीर्ण सोच को प्रकट करता है। अपनी इसी संकीर्णता पर विचार करने पर मुझे अपना प्रतिबिम्ब राजा जनक के सभासदों के पंक्ति में से झाँकता हुआ नजर आने लगा और मन ग्लानि और पश्चाताप से भर गया।

# 14

# समय होत बलवान

'अरे अरे आगे चलो, यहाँ गाड़ी कैसे रोक दी? देख नहीं रहे हो साहब के आने का समय हो गया है, तुरन्त यहाँ से गाड़ी हटाओ।' आन्तरिक सुरक्षा अकादमी माउन्टआबू के द्वार पर खड़े सन्तरी ने लगभग डाँटते हुए टैक्सी ड्राइवर को आदेश दिया। सन्तरी की कड़क आवाज सुनकर बृजेश मोहन जैसे स्वप्न से जाग्रत अवस्था में आ गए और कुछ क्षणों के लिए कुछ वर्ष पूर्व के अतीत में पहुँच गये, जब वह स्वयं इसी अकादमी के डायरेक्टर के पद पर कार्यरत थे। इसी द्वार पर खड़ा सन्तरी दूर से उनकी चमचमाती हुई गाड़ी आती देख कर फुर्ती से गेट खोलता और प्रवेश करते ही ठक से जोरदार सैल्यूट मारता था।

प्रारम्भ से ही धार्मिक प्रवृत्ति होने के कारण यहाँ आकर उनका पूज्य स्वामी श्री ईश्वरानन्द गिरिजी से सम्पर्क हुआ। उनके दिव्य ज्ञान, अमृत वाणी और वात्सल्यमय अद्‌भुत व्यक्तित्व से प्रभावित होकर गुरूदीक्षा भी ली। कई वर्षों के अपने आबू प्रवास के दौरान सुन्दर पहाड़ों के मध्य स्थित सोमनाथ महादेवजी के भव्य मन्दिर और रमणीक आश्रम में नियमित रूप से जाकर पूज्य स्वामी जी से आध्यात्म, साधना की शिक्षा ग्रहण करते रहे। विभिन्न पर्वों पर होने वाले आयोजनों में भी सपरिवार सम्मिलित होते थे।

सेवानिवृत्त होने के बाद भी आश्रम में अत्यन्त श्रद्धा, भक्ति व विशेष उत्साहपूर्वक मनाये जाने वाले महाशिवरात्रि पर्व पर प्रति वर्ष आने का उनका प्रयास रहता है। इस वर्ष भी इसी उद्‌देश्य से आकर अकादमी के आफीसर्स मेस में ही ठहरे थे। मन्दिर में प्रातः कालीन योग, ध्यान, स्वामी जी के ज्ञान गर्भित प्रवचन व आरती में सम्मिलित होने के बाद उस अलौकिक आनन्द में ओतप्रोत वापस लौट रहे थे कि

सन्तरी की तेज आवाज ने उनकी तन्द्रा भंग कर दी, तो देखा की आफीसर्स मेस पीछे छूट गया है।'' "रोकना भाई, थोड़ा पीछे जाना होगा," उन्होंने तुरन्त ड्राइवर से कहा। उसने भी यह देखे बिना कि आन्तरिक सुरक्षा अकादमी का गेट है, तुरन्त गाड़ी रोक दी। सजग सन्तरी ने भी अपना कर्त्तव्य ही पूरा किया था। किन्तु सहसा उत्पन्न इस विचित्र परिस्थिति ने अत्यन्त सहज भाव से उन्हें जीवन के यथार्थ का बोध करा दिया। तभी अन्तर्मन से आवाज आई, "मनुज बली नहिं होत है, समय होत बलवान, बृजेश मोहन यही जीवन है, आगे बढ़ो।" गाड़ी चल पड़ी और वह मन ही मन मुस्कुरा दिये।

# 15

# छोटी लाइन की गाड़ी बड़ी लाइन पर

घटना काफी पुरानी है। पिताजी के अवकाश ग्रहण करने के पश्चात् सरकारी अधिकारियों को अनायास ही प्राप्त कुछ सुविधाएं समाप्त हो जाने पर जब एक दिन घनश्याम ने घर व बाहर के सभी काम बड़ी कुशलता से संभाल लिए तो उसका आना किसी देवदूत के आगमन सा ही प्रतीत हुआ। किन्तु धीरे धीरे उसे शहर की हवा लगी और उसके पर निकलने लगे। अक्सर ही वह झूठ बोलकर चकमा देने की कोशिश करने लगा।

एक दिन हमारे कुछ संबंधी शाहजहांपुर से कानपुर जा रहे थे। लखनऊ शहर रास्ते में पड़ता है, अतः पिताजी व माताजी उनसे मिलने स्टेशन जाना चाहते थे। स्टेशन हमारे घर से बहुत पास होने के कारण घनश्याम से कहा कि वह जाकर देख आये कि गाड़ी लेट तो नहीं है? उसके जाने के बाद ध्यान आया कि उसे यह तो बताया ही नहीं कि शाहजहांपुर की ट्रेन छोटी लाइन के स्टेशन पर आयेगी। खैर, थोड़ी ही देर में वह वापस आ गया और सूचना दी कि गाड़ी आधा घंटा लेट है। हमने जब उससे पूछा कि “तू कौन से स्टेशन पर गया था। बड़ी लाइन के या छोटी लाइन के,” तो वह बोला, “बड़ी लाइन पर।” किन्तु यह कहने पर कि “शाहजहांपुर की ट्रेन तो छोटी लाइन के स्टेशन पर आती है,” वह तुरन्त बड़े आत्मविश्वास से बोला, “हाँ हाँ, मैं सब देख आया, आज तो छोटी लाइन की गाड़ियाँ भी बड़ी लाइन पर ही आ रही हैं।” उसकी बात से हम हंसे बिना न रह सके।

# 16
# बोफोर्स (1991)

आज के युग में कौन ऐसा होगा जो 'बोफोर्स' शब्द से परिचित ना हो। कई वर्षों से लगातार किसी ना किसी तरह अखबारों के मुख पृष्ठ पर एवं दूरदर्शन के समाचारों में प्रमुख स्थान पाने वाले इस विख्यात शब्द से मैं भी अपरिचित नहीं हूँ। सामयिक विषयों की जानकारी रखना जरूरी समझकर इस विषय में मोटी सुर्खियों में कोई समाचार आने पर पढ़ ही लेती हूँ। भारत सरकार द्वारा इन तोपों की खरीदारी और लगभग पैंसठ करोड़ रूपयों की हेराफेरी का कुछ चक्कर है। लेकिन कभी स्वप्न में भी नहीं सोचा था कि इसी 'बोफोर्स' के कारण पैंसठ करोड़ तो कल्पना के भी बाहर है, पर पूरे पैंसठ रूपये की चपत मुझे भी लग ही जायेगी।

हुआ यों कि हमारा रिश्ते का भांजा विक्रम आर्मी में मेजर है और प्रायः पत्नी रेखा और बच्चों के साथ घर आता रहता है। एक दिन बताने लगा कि 'बोफोर्स' तोपें उनकी यूनिट में हैं और इसे चलानी भी आती है। बहुत लोग देखने के लिए आते रहते हैं। आप लोग भी किसी दिन आइए। हमने भी निश्चय किया, इस बार छुट्टियों में जब दोनों बेटियाँ होस्टल से घर आयेंगी तो जरूर 'बोफोर्स' दर्शन का प्रोग्राम बनायेंगे। विश्वभर में चर्चित वस्तु को देखने का दुर्लभ अवसर खो देना मूर्खता ही होगी। किन्तु 'होइये सोई जो राम रचि राखा।' पिछले शनिवार को विक्रम का फोन आया, 'मौसी हमारा सिक्किम का तबादला हो गया है। अगले रविवार तक हम लोग चले जाएंगे।'

सुनकर थोड़ा अफसोस हुआ क्योंकि हमें भी फिरोजपुर आये हुए अधिक समय नहीं हुआ था, विक्रम का घर आर्मी कैन्ट में इनके ऑफिस के सामने ही था। अचानक मुलाकात हुई, रिश्तेदारी भी निकल

आई और आतंकग्रस्त पंजाब में एक परिवार ऐसा हो गया जिनसे हफ्ते-पन्द्रह दिन में मुलाकात हो ही जाती थी। खैर, सरकारी नौकरी में, वह भी सी.आर.पी. की जहाँ कब ट्रान्सफर हो जाए इसका पता ही नहीं रहता, ज्यादा मोह बढ़ाना ठीक नहीं रहता। अब तो इसकी आदत भी पड़ ही चुकी है।

तभी विचार आया कि विक्रम के जाने के बाद 'बोफोर्स' दर्शन का क्या होगा। बच्चे तो परीक्षा के बाद ही आयेंगे, उनके चक्कर में हम भी रह जाएंगे। अतः सिक्किम जाने से पहले अपने साथ भोजन का निमन्त्रण देते हुए मैंने विक्रम से कहा, 'भई तुम चले जाओगे तो हमें 'बोफोर्स' कौन दिखाएगा।'

'कल रविवार है, 'महाभारत' देखने के बाद आप आ जाइये, मेरे सी.ओ. भी बाहर जा रहे हैं, अतः कोई दिक्कत नहीं है।' हमने तुरन्त स्वीकृति दे दी। वार्षिक परीक्षा निकट होने के कारण शुभांग आनाकानी करने लगा। जैसे-तैसे उसे राजी किया। रविवार की सुबह देर तक सोने का आनन्द त्याग कर झटपट तैयार होकर हम तीनों ग्यारह बजने से दस मिनट पहले ही विक्रम के ऑफिस पहुंचे और उन्हें साथ लेकर गन्तव्य पर पहुंच गए। मेजर साहब के आदेशानुसार 'बोफोर्स' को पहले से ही बाहर मैदान में निकाल कर रखा हुआ था। उसे देखकर यही लगा कि इतनी विशाल और भव्य वस्तु निश्चय ही चर्चा के योग्य है। विक्रम ने उसके अंग-प्रत्यंग का सविस्तार वर्णन ही नहीं किया बल्कि चलाकर भी दिखाया। शुभांग को ऊपर चढ़कर बड़े उत्साह से सब देखने और समझने का प्रयत्न करते देख संतोष हुआ कि घर जाकर यह नहीं कहेगा कि 'व्यर्थ इतना समय बर्बाद हुआ।' मुझे तो यह कल्पना करके रोमांच सा हो रहा था कि देश की रक्षा के लिए तत्पर हमारे वीर सैनिक युद्ध भूमि में इस भीमकाय तोप संचालन करने में कैसा अनुभव करते होंगे?

लगभग आधा घंटे बाद जब मेजर विक्रम और शुभांग नीचे आये तो उन्हें धन्यवाद देते हुए ज्यों ही हमने चलने का उपक्रम किया, वह बोले, "अभी आप कैसे जा सकते हैं, अभी आपने वह गाड़ी तो देखी ही नहीं जो बड़े-बड़े ऊबड़-खाबड़ बियावान रास्तों में बड़ी सहूलियत

से 'बोफोर्स' को लेकर चलती है।" कुछ ही दूर खड़े एक बहुत विशाल ट्रक जैसे गाड़ी की ओर इशारा करते हुए विक्रम ने कहा।

इस आग्रह को टाला नहीं जा सका और हम इस विशाल वाहन की ओर चल पड़े। मेजर साहब झट से चढ़ गये और शुभांग से बोले, "तुम भी आओ, तभी ठीक से देख और समझ पाओगे।" क्षणभर में शुभांग उनके पास पहुंच गया। सब विस्तार से समझाने और दिखाने का उनका उत्साह देखते ही बनता था। यह बटन दबाने से ऐसे होता है और वो दूसरा बटन दबाने से लाल बत्ती जलने से वो... आदि, आदि। हम दोनों नीचे से ही गर्दन उचका कर यह दिखा रहे थे कि हमें यहीं से सब दिख रहा है और समझ भी आ रहा है। किन्तु विक्रम को इतने से संतोष नहीं हुआ। दो कुर्सियाँ मंगवाई गई। थोड़ी सहारा लेकर ये भी चढ़ गये। मुझे संकोच करता देख वह हवलदार बोला, "मेम साहब, नीचे से कुछ समझ में नहीं आयेगा, देखने लायक चीज है।" मुझे भी जोश आ गया और अपनी नई चप्पल उतार कर कुर्सी पर पैर रखते हुए केबिन में पहुँच ही गई। सचमुच सब कुछ देखने लायक था। पूरा केबिन एयर कंडीशंड था, तरह-तरह के कल-पुर्जे, स्विच व बटन आदि लगे थे। मेजर विक्रम बहुत अच्छी तरह सब समझा और दिखा रहे थे। शुभांग बड़े मनोयोग से समझने का प्रयत्न कर रहा था। हम दोनों कला के विद्यार्थी विज्ञान से अनभिज्ञ होने पर भी पूरी रूचि दिखाने का प्रयत्न कर रहे थे, तभी मेजर साहब बोले, "अब आप लोग ठीक से बैठ जाइये, मैं थोड़ी दूर चला कर दिखाता हूं।" "नहीं भाई, चलाने की क्या जरूरत है, सब देख तो लिया है," कहते हुए ये तो नीचे उतर गये किन्तु उत्सुकतावश मैं बैठी रही। वाहन के स्टार्ट होने पर उसकी घड़घड़ाहट से मेरा तो मन कांप उठा लेकिन शुभांग खुब खुश हुआ।

खैर, थोड़ी दूर आगे ले जाकर, जब तक वापस लाकर रोक नहीं दी, डर सा ही लगता रहा। लेकिन यह क्या? किसी तरह कुर्सी पर पैर रखते हुए नीचे उतरने पर ज्यों ही चप्पल पहनने चली तो देखा पिछले सप्ताह पूरा एक घंटा खोजबीन करके अपनी पसंद की जिन चप्पलों को पाकर मैं बहुत खुश थी और पहली बाद पहन कर बाहर निकली थी

वह मेरी प्रिय चप्पलें मेरे सामने लहूलुहान सी पड़ी थीं। उनका तो जैसे कचूमर ही निकल गया था।

'अरे यह क्या हो गया,' सुनकर यह बोले, गाड़ी वापस आते समय मेरे देखते ही देखते तुम्हारी चप्पलों के ऊपर से निकल गई। सुनकर मन की जो दशा हुई वह मैं ही जानती हूँ। किसी तरह जीर्ण-जीर्ण चप्पलों को पैरों में फंसाकर घर वापस आने पर मैं बहुत देर तक यही सोचती रही कि 'हाय बोफोर्स' तू निश्चय ही बहुत शक्तिशाली है जिसने देश के बड़े-बड़े नेताओं का भाग्य तो बदला ही, मुझे भी नहीं छोड़ा, जो मात्र तेरे दर्शनों की लालसा लेकर ही तेरे पास गई थी। पैंसठ लाख करोड़ तो नहीं पर पूरे पैंसठ रूपयों की चपत तो लगा ही दी।'

# 17

# महिला सशक्तिकरण-कुछ मूलभूत प्रश्न

आधुनिक युग में महिलाओं का सशक्तिकरण एवं हर क्षेत्र में उनकी उन्नति एवं सफलता की ओर बढ़ते कदम हमारे समाज की प्रगति के पथ को प्रकाशित करने के लिए आशा की किरण के समान हैं। सरकारी, प्राइवेट एवं शैक्षणिक आदि सभी संस्थानों में ऊंचे से ऊंचे पदों के बड़े-बड़े उत्तरदायित्वों का पूर्ण आत्मविश्वास व सम्पूर्ण कौशल के साथ निर्वाह करते हुए उपलब्धियों के ऊंचे कीर्तिमान स्थापित करने वाली महिलाओं को घर और बाहर के विरोधाभास में सामंजस्य स्थापित रखने के लिए जिन चुनौतियों व कठिनाइयों का सामना करना पड़ता है, उसके दंश को भुक्तभोगी ही समझ सकता है। शास्त्रों में कहा तो गया है, 'यत्र नार्यस्तु पूजयन्ते रमन्ते तत्र देवता,' किन्तु युगों से वह अपमान, अन्याय व भेदभाव सहन करती आई है। वह भी घर की महिलाओं द्वारा, जैसे दादी का पोती के जन्म पर खुशी मनाने के बजाय उसे बोझ मानते हुए दुःखी होना या सास या ननद द्वारा बहू या भाभी को प्रताड़ित व तिरस्कृत करना एक बड़ी विडम्बना है। पता नहीं क्यों और कैसे वे भूल जाती हैं कि वे भी कभी किसी की बेटी, पोती या बहू थीं अथवा उसे (ननद को) भी एक दिन ससुराल जाना होगा।

परिवार के ही सदस्यों का प्रत्यक्ष या अप्रत्यक्ष विरोध पुरूषवर्ग का झूठा दंभ, अहंभाव एवं हद दर्जे की स्वार्थी मनोवृत्ति नारी के अस्तित्व के जागरण एवं विकास के मार्ग की सबसे बड़ी बाधा बन जाते हैं। उन्हें युगों से घर की चाहरदीवारी में संकुचित, सीमित रहने वाली नारी का हर महीने मोटी रकम लाने के लिए शिक्षित व कार्यरत होना तो स्वीकार्य है किन्तु उनका अहंभाव एवं स्वार्थी मनोवृत्ति अन्तर्मन से उसके 'स्व'

के इस जागरण एवं उसे अपने समकक्ष खड़ा देखने या स्वीकारने का साहस बिरले ही जुटा पाते हैं।

वास्तविकता तो यही है कि अधिकांश पुरूष घर से बाहर के कार्यक्षेत्र में प्रशंसा व उच्चतम सम्मान अर्जित करने वाली महिलाओं को भी घर में उनके सही या गलत हर निर्णय को आदेश मानकर चुपचाप स्वीकार लेने वाले पारम्परिक रूप में ही देखना चाहते हैं। जिसकी अपनी कोई स्वतन्त्र विचारधारा, इच्छा या पसंद–नापसंद ना हो, होने पर भी प्रकट ना करे तथा उनकी सेवा या इच्छापूर्ति के लिए हर समय विनम्रभाव से तत्पर रहे, उनके लिए सेवा और त्याग की यह प्रतिमूर्ति ही आदर्श नारी है क्योंकि उनका स्वार्थ इसी में निहित है।

समस्या के समाधान के लिए उसके मूल तक जाना होगा। समाज के अनेक वर्गों व परिवारों में कन्या को बोझ माना जाता रहा है। पुत्र के जन्म पर उत्सव और कन्या के आने पर अवसाद की लहर दौड़ जाती है। दहेज का विकराल दानव इसका एक मूल कारण है। कन्या भ्रूण हत्या जैसे पाप और लिंग भेद की दुष्प्रवृत्ति इसी से जुड़े हुए हैं। बचपन से ही उनके पालन–पोषण, खान–पान, शिक्षा आदि में भेदभाव किया जाता है। परिणामस्वरूप लड़के स्वयं को ऊँचा व अधिक महत्त्वपूर्ण समझने लगते हैं। आगे चलकर यही भावना और स्वार्थी मनोवृत्ति दृढ़तर होती जाती है और यहीं से नारी के शोषण और प्रताड़ना की शुरूआत होती है। युगों से वे इस अन्याय और अत्याचार को सहन कर रही हैं।

धीरे–धीरे युग बदल रहा है। महिलाओं के सशक्तिकरण, स्वावलम्बन व समान अधिकारों की आवाज बुलन्द हो रही है। उनके विकास और हितों की रक्षा के लिए अनेक समाजिक समस्याएँ आगे आ रही हैं। राष्ट्रीय एवं विश्व स्तरीय सम्मेलन व कार्यशालाएँ हो रही हैं। हमारी सरकार भी दहेज प्रथा, यौन शोषण, शारीरिक एवं मानसिक प्रताड़ना, घरेलू हिंसा जैसे दुष्कृत्यों के उन्मूलन के लिए प्रयत्नशील है। कुछ अधिनियम बनाये गये हैं जैसे–

1. बलात्कारों पर अंकुश लगाने के लिए आपराधिक कानून (संशोधन) अधिनियम।

2. कार्यस्थल पर महिलाओं का यौन उत्पीड़न (निवारण, निषेध एवं क्षतिपूर्ति) अधिनियम।
3. घरेलू हिंसा से महिलाओं की सुरक्षा अधिनियम पारित और वैवाहिक कानून (संशोधन) विधेयक संसद में प्रस्तुत।
4. हमारे समाज में विधवाओं की दयनीय स्थिति है। उनसे सभी सुविधाओं, सामाजिक सुरक्षा, स्नेह प्रेम से वंचित, निराश्रित व एकाकी जीवन की अपेक्षा की जाती है। मथुरा, वृंदावन के विधवा आश्रमों में उनकी दुर्दशा दिल को दहला देने वाली है। संविधान के अनुच्छेद-14 और 21 में सुप्रीम कोर्ट द्वारा विधवाओं के लिए सम्पत्ति, स्वास्थ्य व जीविकोपार्जन के अधिकार का प्रावधान है। विधवा-विवाह को सामाजिक मान्यता व उच्चित सम्मान मिलना चाहिए।
5. निर्भया कोष - इसके तहत हाल ही में इन्टरनेट, फोन, सड़क परिवहन, रेल आदि में महिलाओं की सुरक्षा से जुड़े उपाय किये जाने की पहल हुई है।

लड़कियों के लिए निःशुल्क शिक्षा, यूनिफार्म व पुस्तकों तथा उनके उत्तम स्वास्थ्य के लिए भी प्रावधान हैं। इस दिशा में निरन्तर प्रयास हो रहे हैं। किन्तु क्या इस विश्वव्यापी समस्या के समाधान के लिए कानून बनाना या बिल पास करना पर्याप्त है, क्या यौन-शोषण, बलात्कार, घरेलू हिंसा की घटनाओं में कमी आई है? दुर्भाग्य का विषय है कि शायद ही कोई दिन ऐसा जाता होगा जब कोई वीभत्स, अविश्वसनीय घटना सुनने या पढ़ने में ना आये। यही नहीं, बड़े-बड़े राजनेता, जज, वकील, उच्च अधिकारी, बुद्धिजीवी, प्रतिष्ठित शिक्षा संस्थानों के शिक्षक, विद्यार्थी, फिल्म जगत की बड़ी-बड़ी हस्तियां यानि समाज का कोई भी वर्ग महिलाओं के प्रति संकीर्ण मनोवृत्ति, दुर्व्यवहार व अपराधों से अछूता नहीं है। परिवारों में नजदीकी रिश्तेदार ही नहीं, भाई और पिता तक के अनाचार व निर्मम व्यवहार की दुःखद एवं मन को उद्वेलित, विचलित करने वाली घटनाएं नैतिकता की सभी सीमाओं को पार कर देती हैं। जब तथाकथित उच्च वर्ग की यह स्थिति है तो

निम्न वर्ग व दलित वर्ग में स्त्रियों की दशा कैसी होगी यह विचारणीय है। अच्छी बात है कि सामाजिक, राष्ट्रीय व अन्तर्राष्ट्रीय स्तर पर महिलाओं की समानता व सशक्तिकरण के लिए प्रयत्न हो रहे हैं। अच्छे परिणाम भी सामने आ रहे हैं। हर क्षेत्र में वे आगे आ रही हैं, शीर्षस्थ पदों पर आसीन होते हुए बड़ी कुशलता व कर्मठता से कार्य कर रही हैं। किन्तु यह संख्या बहुत ही कम है। साथ ही प्रायः प्रत्येक स्तर पर उन्हें असमानता और अन्याय झेलना पड़ता है। जिस तरह अस्वथ्य खेत या वृक्ष को हरा–भरा करने उससे अच्छा फल लेने के लिए सबसे पहले खर–पतवार हटा कर कीटनाशक व उर्वरक डालकर सींचना पड़ता है, वैसे ही मनुष्य के व्यक्तित्व के सम्यक विकास और चरित्र निर्माण की मूल इकाई परिवार है। बचपन से पुत्र व पुत्री दोनों को बिना किसी भेदभाव के अपने विकास व उन्नति के लिए समान अवसर मिलने चाहिए जिससे ऊंच–नीच और भेदभाव की प्रवृत्ति पनपने ही न पाए।

संभवतः इसी कारण नारी समानता और सशक्तिकरण की बात आने पर अनेक प्रश्न चिह्न उभरकर सामने आने लगते हैं। जब नारी घर की चारहदीवारी से निकल कर हर तरह की चुनौतियों का सामना करते हुए प्रत्येक क्षेत्र में बढ़ने में पुरूषों की बराबरी ही नहीं बल्कि उनसे आगे बढ़ने में भी सक्षम व तत्पर हैं तो पुरूष अपनी संकीर्णता के स्वनिर्मित घेरे से बाहर निकल कर सहज भाव से नारी को अपने समकक्ष देखने का साहस क्यों नहीं जुटा पा रहा? यहां भी पति को स्वेच्छा से उठकर बिस्तर में ही चाय के साथ अखबार पढ़ने के बाद केवल स्वयं तैयार होना होता है, अपेक्षा यह भी रहती है कि तौलिया व कपड़े भी बाथरूम में लगे हुए मिलें। जबकि पत्नी को सबसे पहले उठकर चाय–नाश्ता बनाने से लेकर बच्चों के स्कूल भेजना तथा घर के अनेक छोटे–बड़े किन्तु नगण्य समझे जाने वाले काम भी निबटाने होते हैं। शाम को दोनों के ही थक कर घर लौटने पर चाय बनाने का ओदश पूरे अधिकार के साथ पति क्यों और कब तक देता रहेगा? यह चाय बनाने की बात चाहे छोटी लगे, कह सकते हैं, क्या फर्क पड़ता है पांच मिनट ही तो लगते हैं, किन्तु किसी भी समस्या के निदान के लिए

शुरूआत जड़ से ही करनी होगी। अस्वस्थ्य खेत या वृक्ष को स्वस्थ्य व हरा-भरा करने के लिए उससे अच्छा फल प्राप्त करने के लिए कीटनाशक व अच्छा उर्वरक डालकर जड़ को सींचना होगा। छोटी-छोटी पहल करके ही उद्देश्य को प्राप्त किया जा सकता है। अतः भेद हटाकर स्त्री-पुरूष की समानता की शुरूआत परिवार से करनी होगी। अन्याय की पराकाष्ठा तो वहाँ हो जाती है जहाँ अपनी आय को खर्च करने की स्वतंत्रता भी स्त्री को नहीं रहती। उस पर भी पति या घर वाले ही अपना अधिकार समझते हैं, क्यों?

क्या यह व्यवहार जिसके द्वारा पुरूष अपने अहं भाव व मिथ्या अभिमान को नारी के आत्म-सम्मान एवं स्वाभिमान से भी ऊंचा समझता है, वास्तव में उसकी भीरूता, हीन भावना एवं स्वार्थी मनोवृत्ति का परिचायक नहीं है? इनसे मुक्त होने के लिए सबसे पहले स्वानुसंधान करके स्वयं को उसकी जगह रखकर उसकी व्यथा को समझना होगा। सच्चे मन और निःस्वार्थ भाव से नारी की भावनाओं, विचारों व आवश्यकताओं को अपने समान ही महत्व देना होगा, साथ ही अपनी रूढ़िवादी मानसिकता को बदलना होगा।

समानता का अर्थ यह भी नहीं है कि जो काम पुरूष करते हैं उन्हें करने से ही नारी पुरूष के समान बन सकती है। वरन् इस भ्रम से होने वाले दूरगामी दुष्परिणाम सामने आ भी रहे हैं। पति-पत्नी दोनों के ही बाहर का काम पर जाने से घर का संतुलन बिगड़ रहा है जिसका दुष्प्रभाव बच्चों पर सबसे अधिक पड़ता है। घर में आया या नौकर के हाथों पलने वाले बच्चों को स्वस्थ्य वातावरण और अच्छे संस्कार नहीं मिल पाते। उनके पालन-पोषण और देखभाल के लिए दादा-दादी या नाना-नानी का होना बच्चों के संतुलित विकास व चरित्र निर्माण के लिए तो अच्छा है किन्तु यह बड़े परिश्रम और जिम्मेदारी का काम है। अपने बच्चों को बड़ा करने के बाद वही सब ढलती आयु में दुबारा करना उनके लिए कठिन हो जाता है। यह भी एक विचारणीय विषय है।

समुचित परिपक्वता और परस्पर विश्वास न होने से पति-पत्नी के पारस्परिक संबंधों पर भी इसका दुष्प्रभाव दृष्टिगत हो रहा है। दाम्पत्य

में विघटन और अलगाव का अनुपात बढ़ रहा है। साथ ही तलाकों की संख्या भी। घर के अशांत वातावरण, माता–पिता के समुचित संरक्षण के अभाव में बेचारे बच्चे सबसे अधिक त्रस्त होते हैं। उनमें असुरक्षा की भावना घर कर लेती है जो उनके व्यक्तित्व के सम्यक निर्माण में बाधक बनती है। यह परिवार, समाज व देश सबके लिए चिंताजनक स्थिति है।

यथार्थ तो यही है कि नारी व पुरूष नदी के दो किनारों या गाड़ी के दो पहियों के समान हैं, जिनके सहज, सरल, सुखमय प्रवाह के लिए एक संतुलन बनाये रखना अत्यन्त आवश्यक है। एक–दूसरे को छोटा–बड़ा ऊँचा या नीचा समझकर नहीं वरन् परस्पर विश्वास और सहमति द्वारा एक–दूसरे की भावनाओं, विचारों, इच्छाओं व आवश्यकताओं का सम्मान करके उन्नति और विकास के समान अवसर देकर ही संभव होगा। इसके लिए कुछ सुझाव प्रस्तुत हैं–

1. घर में रहकर परिवार के बच्चों के प्रति अपने दायित्व एवं कर्त्तव्यों का भली प्रकार पूरी निष्ठा के साथ निर्वाह करने वाली गृहणी को यह कह कर अपमानित व तिरस्कृत नहीं किया जाएगा कि 'तुम दिनभर घर में पड़े–पड़े क्या करती रहती हो, कुछ हिला–डुला भी करो,' क्योंकि इसमें निहित परिश्रम और महत्व को जो करता है वही समझ सकता है।
2. घर के छोटे–बड़े निर्णयों में उसकी सहभागिता एवं आर्थिक स्वतन्त्रता भी रहेगी।
3. अपने 'स्व' के प्रगटन व विकास के लिए समान अवसर प्राप्त होंगे, अपने निर्णय स्वयं लेने का अधिकार होगा।
4. मां, बहन, बेटी, पत्नी व कार्यस्थल पर सहयोगी– हर रूप में पूरी सुरक्षा, आदर व सम्मान मिलेगा।
5. परिवारों में पुत्र व पुत्री के पालन–पोषण एवं उनके प्रति व्यवहार में भेदभाव नहीं होगा। दोनों को शिक्षा अपनी उन्नति और विकास के समान अवसर मिलेंगे। वस्तुतः परिवार ही समाज व देश की सबसे छोटी किन्तु व्यक्तित्व निर्माण की सबसे अधिक महत्त्वपूर्ण इकाई है।

6. समाज कन्या भ्रूण हत्या, बलात्कार, यौन–शोषण जैसे क्रूर अपराधों से मुक्त हो तथा शारीरिक व मानसिक किसी भी प्रकार की घरेलू हिंसा द्वारा महिलाओं को प्रताड़ित न किया जाये।

किन्तु प्रश्न यहाँ भी पीछा नहीं छोड़ते। क्या अनेक विविधताओं से भरे सम्पूर्ण समाज की विचारधारा व मानसिकता में बदलाव लाना व्यावहारिक और संभव है? क्या जाति व वर्ग भेद को छोड़ कर सबके लिए सुखी, सुसंस्कृत, सभ्य परिवारों, समाज व देश की कल्पना व आशा की जा सकती है? यदि हां तब तो ऐसी आदर्श स्थिति में नारी मुक्ति, समानता व सशक्तिकरण के लिए आवाज उठाने की आवश्यकता ही नहीं रह जायेगी। लक्ष्य सुनिश्चित हो, ज्ञान शक्ति, इच्छाशक्ति व क्रिया शक्ति जागृत और संकल्प दृढ़ हो तो कुछ भी करना असंभव नहीं है। सकारात्मक सोच के साथ ऊँचे स्वप्न देखने का अधिकार तो सभी को है, होना भी चाहिए।

अपनी उन्नति, विकास व लक्ष्य प्राप्ति, दूसरों पर निर्भर रह कर नहीं की जा सकती। अपने हक व अधिकारों की लड़ाई स्वयं लड़नी पड़ती है। महिलाओं को भी स्वानुसंधान कर अपने सोचे हुए आत्मविश्वास व आत्मिक बल को जगाकर आत्मनिर्भर बनना होगा। दयनीय व कमजोर बनकर अन्याय व अत्याचार सहना उचित नहीं है। वैसे भी दबे हुए को और दबाना मनुष्य का स्वभाव है। महिलाओं को अपने अन्दर छुपी ईश्वर प्रदत्त अपार क्षमता, शक्ति व संभावनाओं को पहचान कर अपना लक्ष्य व मार्ग स्वयं निर्धारित कर कृतसंकल्प होकर आगे बढ़ने का समय आ गया है। हमारे इतिहास में अहिल्या बाई, झांसी की रानी लक्ष्मी बाई, भारत कोकिला सरोजनी नायडू, श्रीमती इंदिरा गांधी जैसी अनेक वीरांगनाएँ एवं विदुषी महिलायें हुई हैं जिन्हें अपनी वीरता, अद्‌भुत साहस, विद्वता अथवा कला–कौशल के लिए सदैव याद किया जायेगा। आज भी ऐसी प्रेरणादायक महिलाएं जीवन के प्रत्येक क्षेत्र में आगे आ रही हैं जो आने वाली पीढ़ी के लिए आदर्श व अनुकरणीय हैं।

पाश्चात्य संस्कृति के अंधानुकरण एवं आधुनिकता के आवरण में नैतिक मूल्यों व संस्कारों को तिलांजलि देकर उच्छृँखल उद्दंड व्यवहार करने वाला भौतिकता की दौड़ में आगे दिग्भ्रमित सा एक युवा वर्ग, जिसमें युवतियां भी पीछे नहीं हैं, चिन्ता का विषय बन रहा है। आज की परिस्थितियां उन्हें भौतिकवादी और क्रूर बना रही हैं।

यहां फिर कुछ प्रश्न उभरकर सामने आ रहे हैं। क्या भौतिक सुख–साधनों को येन–केन प्रकारेण प्राप्त करने को जीवन का लक्ष्य मानकर वेशभूषा और व्यवहार में अनावश्यक खुलापन जैसी सतही और अशोभनीय मानसिकता को अपनाना उचित है? पुरूषों की समानता के प्रयास में धैर्य, सहिष्णुता, संवेदनशीलाता, नैतिकता, दायित्व बोध जैसे मानवोचित (केवल स्त्रियोचित नहीं) गुणों की अवहेलना व निराकरण किसी महान उद्देश्य की ओर ले जा सकता है?

वस्तुतः मानवता ही मानव मात्र (चाहे वह स्त्री हो या पुरूष) का सबसे बड़ा गुण व धर्म है। भौतिक दृष्टि से अपार धन सम्पत्ति व संसाधन प्राप्त करके भी कोई वह आदर, सम्मान अर्जित नहीं कर सकता जिसे एक सदाचारी, सच्चरित्र सबके प्रति सद्विचार व सद्भावना रखते हुए सबके साथ प्रेम, दया, समानता व सहानुभूतिपूर्ण व्यवहार करने वाला व्यक्ति सहज ही प्राप्त कर सकता है। ईश्वर की सृष्टि में सबके जीवन में सुख–दुख का आवागमन अवश्यम्भावी है, फिर भी '*सर्वे भवन्तु सुखिनः सर्वे सन्तु निरामया, सर्वे भद्राणि पश्यन्तु मा कश्चिद् दुःख भाग् भवेत्*' की प्रार्थना तो हम कर ही सकते हैं। इस सृष्टि रचना के आधार स्तंभ स्त्री व पुरूष यदि पूरी निष्ठा और सच्चाई के साथ भेदभाव मिटा कर एक–दूसरे का पूरक बनकर हर परिस्थिति में साथ चलने का संकल्प कर लें तो सुख–दुःख के फूल व कांटों से भरा यह मार्ग सरल व सहज बन सकता है। महिला सशक्तिकरण का प्रश्न भी स्वतः हल हो जायेगा।

# 18

# कन्या बोझ क्यों और कब तक?

कुछ ही समय पूर्व ईश्वर की असीम अनुकम्पा से बड़ी बेटी उर्मि का विवाह पारम्परिक वैदिक पद्धति से सम्पन्न हुआ। भारतीय प्रशासनिक सेवा में उच्च पद पर आसीन प्रतिभाशाली सुन्दर सुयोग्य कन्या के अनुकूल ऊँचे आदर्शों और विचारों से युक्त समान पदाधिकारी, सुन्दर सुयोग्य वर मिला। वह भी हमारे विचारों के अनुरूप विवाह जैसे पवित्र संस्कार में बाह्याडम्बर तथा दहेज जैसी कुप्रथा का कट्टर विरोधी, सिगरेट तथा मद्यपान जैसी बुरी आदतों से मुक्त, अतः हमारे मापदण्ड के अनुसार सर्वगुण सम्पन्न! आज के युग में जब जीवन के नैतिक मूल्यों का दिन प्रतिदिन ह्रास हो रहा है तथा भौतिक सुख-साधनों को येन-केन प्रकारेण प्राप्त करने को ही अधिकांश युवक जीवन की सबसे बड़ी उपलब्धि मान बैठे हैं, आदित्य जैसे आत्मबल एवं स्वाभिमान युक्त नवयुवक का मिलना दुर्लभ संयोग ही है। इस अपूर्व अनुकम्पा के लिए हम सर्वशक्तिमान प्रभु के प्रति हृदय के अन्तर्मन से आभारी हैं। विवाह में आये सभी मेहमानों को विदा करने के पश्चात् हम दोनों मन्दिर गये। छोटी बेटी रश्मि किसी कार्यवश घर में रह गई। देवाधिदेव महादेवजी के चरणों में कृतज्ञता के पुष्प अर्पित करते हुए प्रणाम करने के बाद देखा कि मन्दिर में विशाल हाल में स्वामी महामण्डलेशवर श्री महेशानन्दजी गिरि आसन पर विराजमान हैं और हमारी परिचित दो महिलाओं के साथ कुछ धार्मिक परिचर्चा चल रही है। प्रणाम करने पर स्वामीजी बोले, "सुना है बिटिया की शादी कर दी, चलो अच्छा है बोझ उतर गया।" 'बोझ' शब्द से एक चोट मन को लगी। तभी श्रीमती सिंह ने एक और आघात किया, "नहीं स्वामी जी, अभी एक और बोझ बाकी है।" उनका संकेत निश्चय ही रश्मि की ओर था जो विश्वविद्यालय में द्वितीय स्थान

प्राप्त करते हुये शोध कार्य कर रही है। मेधावी छात्रा होने के अतिरिक्त, संगीत, चित्रकला आदि में विशेष रुचि रखते हुए सभी तरह से कुशल है। श्रीमती सिंह के शब्द सुनकर उसका हंसमुख चेहरा सामने आ गया और एक और प्रश्न उभरा, वह बोझ क्यों और कैसे है? "स्वामीजी अपनी सन्तान बोझ नहीं होती, यह तो हमारा कर्त्तव्य था जो ईश्वर की असीम कृपा से पूर्ण हुआ," मैंने कहा और हम लोग वापस आ गये। किन्तु घर आने तक मन एक उधेड़बुन में लगा रहा और विचार शृंखला पहुँच गई पच्चीस वर्ष पूर्व के उस शुभ दिन जब हम उर्मि को लेकर अस्पताल से घर आये थे। माँजी ने नन्हीं फूल सी गुड़िया को पूजा घर में भगवान के आगे पृथ्वी पर ही रख दिया और ईश्वर प्रदत्त अनुपम उपहार के लिए कृतज्ञता या धन्यवाद के बजाय उनके मुख से भी ऐसे ही शब्द निकले थे, 'हे धरती माता यह बोझ संभालना।' अर्थात् चिरकाल से ही हमारे देश में बेटी का जन्म एक बोझ माना जाता रहा है जबकि पहला नहीं लगातार तीसरा या चौथा पोता होने पर भी किसी दादी को यह कहते नहीं सुना गया कि 'हे धरती माता यह बोझ संभालना' और बेटियों के लिए बिना सोचे विचारे उनकी भावनाओं की उपेक्षा और सारी योग्यता व गुणों की अवहेलना करके उन्हीं की दादी या कभी-कभी माँ तक उन्हें 'बोझ' मान लेती है। उसके विवाह को ही इस बोझ का उतारना माना जाता है।

यद्यपि यह सर्वविदित है कि विवाह स्त्री और पुरूष दोनों की ही आवश्यकता है और भारतीय संस्कृति के अनुसार यह दो व्यक्तियों का ही नहीं वरन् दो परिवारों का पारम्परिक अटूट संबंध है। जिनका आधार आपसी प्रेम और सद्भाव होने पर जो मधुरता आती है उसी में जीवन का वास्तविक सुख है। जिसे धन दौलत तथा अन्य भौतिक सुख साधनों से तौल पाना सम्भव नहीं है। यह भी आवश्यक है कि जीवनसाथी चुनने का अधिकार भी स्त्री-पुरूष दोनों को ही समान रूप से प्राप्त हो। किन्तु न जाने क्यों, हमारी सामाजिक व्यवस्था में ऐसा प्रतीत होता है कि पसन्द या नापसन्द करने के सर्वाधिकार वर पक्ष के लिए ही सुरक्षित हैं। उनकी इच्छा ही सर्वोपरि है तथा उनकी उचित अनुचित सभी मांगों को

पूरा करना व सभी इच्छाओं के आगे सिर झुकाना ही कन्या पक्ष की नियति समझी जाती है। यहां यह भी विचारणीय और सर्वमान्य सत्य है कि वर पक्ष और कन्या पक्ष कोई दो विभिन्न जातियां नहीं हैं। प्राय: सभी परिवारों में बेटों के साथ बेटियाँ अथवा बहनें होती हैं और सभी को दोनों स्थितियों का सामना करना पड़ता है। किन्तु फिर भी कन्या को देखते समय इस प्रकार जाँचा परखा जाता है जैसे यह विक्रय की सामग्री हो। अच्छे खासे शिक्षित और कुलीन कहे जाने वाले युवक और उनके माता-पिता यह कहने में गर्व का अनुभव करते हैं कि 'हमने तीस चालीस (या और भी अधिक) लड़कियाँ देखकर रिजेक्ट कर दी। वे भूल जाते हैं कि उनकी बहन या बेटी के साथ ऐसा होने पर उनपर क्या बीतेगी। उस पर भी विडम्बना यह है कि लड़की की सारी योग्यता व गुणों की उपेक्षा करके उसके पालन पोषण व शिक्षा आदि पर व्यय किया गया समस्त धन ब्याज सहित कन्या पक्ष से वसूल करना न जाने किस तर्क से वे अपना अधिकार समझ लेते हैं, जबकि यह तो प्रत्येक माता-पिता का अपनी संतान के प्रति उत्तरदायित्व और नैतिक कर्त्तव्य है। साथ ही, यदि सही ढंग से किया जाय तो पुत्री के लालन पालन और शिक्षा आदि पर भी उतना ही व्यय होता है। अत: यह भेदभाव सर्वथा असंगत व अन्यायपूर्ण है। जब समान शिक्षा व योग्यता वाले लड़के के विवाह के समय उसका 'मूल्य' तो बढ़ा चढ़ा कर आंका जाता है और लड़की के सभी गुणों को नगण्य मानकर दहेज में प्राप्त होने वाली धनराशि को ही सर्वोपरि समझा जाता है, तब स्त्री पुरूष की समानता के सारे दावे खोखले और निरुद्देश्य प्रतीत होने लगते हैं।

परिश्रम या पुरूषार्थ के बिना ही दहेज के रूप में सारे भौतिक सुख साधन सहज रूप से प्राप्त करने को अपना अधिकार समझने की यह घातक मनोवृत्ति इतना भयानक रूप ले चुकी है कि बिरला ही कोई दिन होता होगा जब समाचार पत्रों में दहेज के लिए की गई बहू की हत्या या आत्महत्या का उल्लेख न हो। तुच्छ धनराशि, कार, स्कूटर, फ्रिज या टी.वी. जैसे निर्जीव वस्तुओं के लिए अग्नि को साक्षी मानकर जन्म-जन्म तक साथ निभाने और सुख-दु:ख में साथ देने का वचन

देकर उसके घर परिवार से अलग करके अपने साथ लाने के बाद साक्षात् गृहलक्ष्मी को जलाकर मार देने वाले लोग ऐसा पाषाण हृदय कहाँ से लाते हैं यह समझ पाना बहुत कठिन है। ऐसा जघन्य अपराध करके क्या कोई सुखी रह सकता है? क्या उनकी आत्मा उन्हें नहीं धिक्कारती? *'यत्र नार्यस्तु पूजयन्ते रमन्ते तत्र देवता'* जैसे मान्यताओं वाले देश में ऐसे धनलोलुप दानवों की बढ़ती हुई संख्या समाज को कहां ले जायेगी यह कल्पना मात्र ही बड़ी भयावह और स्तब्ध कर देने वाली है।

लिंग भेद से जुड़ी इस गंभीर समस्या का एक विचित्र पक्ष यह है कि प्रायः परिवार की महिलायें भी इसके लिए जिम्मेदार पाई जाती हैं। अपने विवाह के समय सीमा से अधिक व्यय करने को विवश माता-पिता की दयनीय दशा से दुःखी होने वाली कन्या स्वयं माँ बनने के पश्चात् पुत्र का विवाह करते समय सब कुछ भूलकर भावी वधू के माता-पिता से भारी भरकम दहेज की माँग या कम से कम आशा तो करती है और पूरी ना होने पर उसे अपमानित करने में कोई कसर नहीं छोड़ती। पर्याप्त दहेज लाने में असमर्थ बहू को सबसे अधिक यन्त्रणा सास या ननद द्वारा ही दी जाती है। यह बड़ी ही दुःखद स्थिति है। उच्च शिक्षा प्राप्त सम्भ्रान्त कही जाने वाली महिलायें भी इस दोष से मुक्त नहीं हैं। नारी कल्याण सम्बन्धी विषय पर डाक्टरेट की उपाधि प्राप्त करके नारी कल्याण समिति की अध्यक्षा के पद पर आसीन एक महिला और स्वयं को प्रगतिशील व आदर्शवादी कहने वाले उनके प्रोफेसर पति अपनी एक डॉक्टर और दूसरी प्रशासनिक अधिकारी बेटियों के विवाह में झूठी शान और दिखावे के लिए सीमा से अधिक व्यय कर ऋणग्रस्त होकर स्वयं ही अपने कष्ट का कारण बने, किन्तु इस अनुभव से कुछ सीखने के बजाय उन्हें पुत्र के विवाह में दोनों बेटियों पर व्यय किया गया धन कन्या के माता-पिता से दुगुना करके वसूल कर अपनी बिगड़ी आर्थिक स्थिति सुधारने में तत्पर पाया गया। शिक्षित होने पर भी उनका दृष्टिकोण संकीर्ण व संकुचित ही रहा। ऐसी शिक्षा से क्या लाभ जो मुनष्य में दूसरों के प्रति सहृदयता, सहानुभूति व सद्भावना जैसे मानवीय गुण उत्पन्न करके उन्हें प्रगतिशील व जागरूक

नागरिक बनाने में समर्थ न हो? भारतीय समाज की यह दहेज प्रथा के अनेक दुष्परिणाम आये दिन समाचार पत्रों में वर्णित रहते हैं।

बालिकाओं व महिलाओं के प्रति यह अन्यायपूर्ण व कठोर रवैये और दहेज रूपी दानव, कन्या के जन्म लेते ही, उसके माता-पिता को अपना विकराल मुँह खोले हुए दृष्टिगत होने लगता है और भोली-भाली मासूम बच्ची बोझ मानी जाती है। जबकि पुत्र की तुलना में पुत्री कहीं अधिक संवेदनशील होती और जीवन पर्यन्त माता-पिता की सेवा के लिए तत्पर रहती है। किन्तु विवाह योग्य होने पर यदि दहेज के लिए खोला गया वर पक्ष का सुरसा जैसा मुख बन्द करने की सामर्थ्य न हो तो कन्या और माता-पिता दोनों को ही अत्यन्त कठिन परिस्थिति का सामना करना पड़ता है। लड़के वालों के अहंभाव से अपमानित, अपने ही रिश्तेदारों के व्यंग बाणों से आहत और माता-पिता की दयनीय दशा से त्रस्त व सन्तप्त युवतियां विवश होकर आत्महत्या तक कर लेती हैं और निरपराध मासूम कलियाँ खिलने से पहले ही मुरझा जाती हैं। कई वर्ष पूर्व कानपुर में तीन युवा बहनों द्वारा की गई आत्महत्या की लोमहर्षक घटना की स्मृति आज भी दिल को दहला देती है।

जीवन मूल्यों का यह ह्रास अत्यन्त विध्वंसकारी है। प्राप्त आंकड़ों के अनुसार सन् 1991 में 5157, 92 में 4927, 93 में 5817, 94 में 4935 और 95 में 5992 दहेज मृत्यु हुईं। आज जब मानवाधिकार विश्व भर में विचार विनिमय व परिचर्चाओं का विषय है, हमारे देश में दहेज मृत्यु की इतनी बड़ी संख्या क्या विश्वास करने योग्य है? इस निन्दनीय विकट समस्या के समाधान के लिए सरकार द्वारा कुछ महत्वपूर्ण कदम उठाये गये हैं। सन् 1961 में दहेज निषेध प्रावधानों को कठोर बनाने और अपराध को संज्ञेय बनाने के लिए परिवर्तन किया गया तथा 1986 में पुनः इसमें व्यापक संशोधन करके इस अपराध को गैर जमानती और संज्ञान्य बना दिया गया है। इस सामाजिक अभिशाप को रोकने के लिए पुलिस की अधिकार सीमा बढ़ा दी गयी है। भारतीय दंड संहिता की धारा 304 बी के अन्तर्गत –

1. 'जहाँ विवाह के सात वर्ष के भीतर किसी स्त्री की मृत्यु जल जाने से अथवा शारीरिक क्षति से अथवा सामान्य

परिस्थितियों से भिन्न हो जाती है और यदि दर्शित किया जाता है कि मृत्यु के ठीक पहले उसके पति द्वारा या पति के रिश्तेदारों द्वारा दहेज की मांग को लेकर परेशान किया गया था अथवा उसके साथ किसी भी प्रकार का निर्दयतापूर्ण व्यवहार किया गया था तो इसे दहेज मृत्यु कहा जायेगा और उसकी मृत्यु का कारण उसके पति अथवा रिश्तेदार को माना जायेगा।'

2. 'जो कोई दहेज मृत्यु कारित करेगा वह सात वर्ष से लेकर आजीवन कारावास की अवधि के लिए दंडित किया जा सकेगा।'

महिलाओं के अधिकारों की रक्षा के लिए सरकार द्वारा राष्ट्रीय महिला आयोग का भी गठन किया गया है तथा अनेक कल्याण समितियाँ व संस्थायें इस दिशा में कार्यरत हैं किन्तु व्यवहारिक दृष्टि से देखा जाय तो इनसे होने वाला लाभ अपराधों के अनुपात में बहुत कम है।

स्त्रियों के प्रति होने वाले अपराधों के संदर्भ में न्यायपालिका की भी महत्वपूर्ण भूमिका है। न्यायालयों को चाहिये कि दहेज मृत्यु के मामलों के व्यवहारिक पक्ष को ध्यान में रखा जाये व प्रत्यक्ष गवाह के अभाव, व कानूनी दांव पेच की लम्बी प्रक्रिया के कारण अपराधी को बचकर निकलने न दिया जाये, क्योंकि इससे अपराधियों को बढ़ावा मिलता है और पीड़ित महिला को हतोत्साहित व निराश होना पड़ता है।

इसके लिए सम्पूर्ण समाज में परिवर्तन की आवश्यकता है, विशेष रूप से युवकों में ऐसा जागरण आना चाहिये जिससे वे अपनी योग्यता व सामर्थ्य पर भरोसा करने की शक्ति जुटाकर संगठित होकर यह संकल्प कर सकें कि वे विवाह जैसे पवित्र संस्कार को ऐसे अटूट बन्धन के रूप में स्वीकार करेंगे जिसका आधार पारस्परिक प्रेम, दृढ़ विश्वास और एक दूसरे के प्रति सम्पूर्ण समर्पण का भाव होगा न कि दहेज के रूप में प्राप्त होने वाली तुच्छ धनराशि, सोना या अन्य कीमती वस्तुएं। शिक्षा संस्थाओं में युवकों में ऐसी जागृति उत्पन्न की जानी

चाहिये। ऐसे युवा संगठनों की भी आवश्यकता है, जहाँ युवकों को सच्ची निष्ठा से इस दिशा में कदम बढ़ाने के लिए प्रेरित किया जाय तथा स्वाभिमानी व आत्मविश्वासी युवक स्वेच्छा से सामने आयें।

यद्यपि हमारे पुरूष प्रधान समाज में वर पक्ष को ही प्रधानता व प्राथमिकता मिलती आई है किन्तु यदि युवतियाँ भी उच्च शिक्षा प्राप्त कर आत्मनिर्भर बन जायें और स्वयं को निर्बल एवं दयनीय मानने के बजाय दहेजलोलुप लालची मनोवृत्ति वाले युवकों से विवाह न करने का संकल्प कर लें तभी स्थिति में परिवर्तन आ सकता है। इसमें माता-पिता की भी बहुत महत्वपूर्ण भूमिका है। उनका कर्त्तव्य है कि बिना भेदभाव के पुत्र व पुत्री दोनों का समान रूप से पालन पोषण करें और बेटियों को भी शिक्षित व आत्मनिर्भर बनायें जिससे वे किसी भी प्रकार की हीन भावना से मुक्त स्वावलंबी व स्वाभिमानपूर्ण जीवन व्यतीत करने में समर्थ हों तथा दहेज लोभी युवकों से विवाह न करने का संकल्प लेकर उन्हें सबक सिखा सकें। पुत्री के विवाह को 'बोझ' का उतरना मान कर उसके प्रति उत्तरदायित्व की इतिश्री नहीं समझ लेना चाहिये। ऐसी स्थिति में लड़की को यदि ससुराल में किसी प्रकार की शारीरिक अथवा मानसिक यंत्रणा दी जाती है तो भी वह अपने माता-पिता से कहने में संकोच करती है, क्योंकि उनका सहयोग व समर्थन प्राप्त करने के प्रति वह आश्वस्त नहीं होती और पुनः उन पर बोझ नहीं बनना चाहती। '*डोली का ससुराल जाकर अर्थी ही बाहर आना*' जैसे पुरातनपंथी विचार भी उसके पैरों की बेड़ियाँ बन जाते हैं। कुछ ही समय पूर्व पड़ोस के गर्ग साहब की इकलौती पुत्री व तीन भाइयों की एकमात्र बहन की ससुराल पक्ष द्वारा स्कूटर व पचास हजार रूपयों की मांग पूरी न होने पर जलाकर हत्या कर दी गई किन्तु अपने बयान में उसने यही कहा, 'उनका कोई दोष नहीं है।' ऐसी स्थिति में उनके विरुद्ध कानूनी कार्यवाही भी नहीं की जा सकी। लड़कियों को सरकार द्वारा बनाये गये दहेज विरोधी कानूनों, अन्य विवाह अधिनियमों तथा अपने अधिकारों की जानकारी भी अवश्य होनी चाहिये। जिससे आवश्यकता पड़ने पर वे उनका उचित उपयोग कर सकें। शिक्षा के पाठ्यक्रम में उन्हें सम्मिलित करके ऐसा किया जा सकता है।

नारी द्वारा ही नारी प्रताड़ना की प्रवृत्ति को समाप्त करना भी इस जटिल समस्या के समाधान के लिए नितान्त आवश्यक है। इस प्रकार की संकीर्ण मानसिकता से बाहर आने के लिए स्त्रियों के विचारों में बुनियादी परिवर्तन और उनमें आन्तरिक जागरण की आवश्यकता है। उन्हें इस बात का ज्ञान होना चाहिए कि आज समाज में स्त्रियों की जो दुर्दशा है उससे मुक्ति पाने के लिए उन्हें स्वयं प्रयत्न करना होगा। यदि वे ही दहेज जैसे कुप्रथा को बढ़ावा देंगी तो इस भीषण ज्वाला में आहुति बनने वाली अनेक निरपराध कन्याओं का उद्धार कौन करेगा? यदि नारी ही स्वयं ही स्वजाति का शोषण करके उन पर होने वाले अत्याचारों का कारण बनेगी तो पुरूष वर्ग से सामाजिक न्याय व समानता की अपेक्षा कैसे की जा सकती है। महिलाओं का नैतिक कर्त्तव्य है कि वे संगठित होकर दृढ़तापूर्वक इस सामाजिक अभिशाप से छुटकारा पाने का हर सम्भव प्रयास करें।

गहन अंधकार में आशा की किरण के समान कुछ परिवर्तन इस दिशा में हो रहा है। शिक्षा के क्षेत्र में लड़कियाँ आगे निकल रही हैं, व्यावसायिक दृष्टि से हर क्षेत्र में प्रवेश कर रही हैं, उनमें आत्मविश्वास बढ़ रहा है और यदा-कदा ऐसे दृष्टान्त भी सामने आते हैं जहाँ वर पक्ष द्वारा दहेज की माँग किये जाने पर कन्या ने विवाह से इन्कार कर दिया, बारात को खाली वापस लौटना पड़ा। और ऐसे समय में किसी साहसी होनहार युवक ने आगे हाथ बढ़ाया और उसी मण्डप में विवाह सम्पन्न हुआ। सौभाग्य से ऐसी दूषित सामाजिक व्यवस्था में भी अपवाद स्वरूप एक बहुत छोटा किन्तु अनुकरणीय और सराहनीय वर्ग उन आदर्श युवकों का भी है जो दहेज का विरोध करके जीवन सहचरी की योग्यता को ही आधार मानकर विवाह करते हैं और सच्चे अर्थों में प्रगतिशील और शिक्षित कहलाने योग्य हैं। किन्तु इनके लिए जीवन का यथार्थ अपने विकृत रूप में तब सामने आता है जब विवाह योग्य बहन के लिए दहेज विरोधी उपयुक्त वर की खोज कर पाना असंभव सा हो जाता है। इसके लिए उन्हें प्राय: माता-पिता और परिवार की अवहेलना भी झेलनी पड़ती है। इस कठिन परिस्थिति में उनकी मनोदशा को केवल भुक्तभोगी ही समझ सकते हैं।

वस्तुतः आवश्यता तो इस कुप्रथा को समूल नष्ट करने की है। जिसके लिए लोगों के संकीर्ण दृष्टिकोण व संकुचित मानसिकता को बदलना अत्यन्त आवश्यक है। यह दुष्कर कार्य एक सामाजिक क्रान्ति द्वारा ही सम्भव है। राजा राम मोहन राय, स्वामी दयानन्द सरस्वती जैसे अनेक क्रांतिकारी समाज सुधारकों का इतिहास साक्षी है। इस दहेज विरोधी आन्दोलन की सफलता मुख्यतः युवा वर्ग 'युवक-युवतियाँ दोनों' पर आधारित है और युवाशक्ति को कोई सीमा बाँध नहीं सकती, केवल सच्ची निष्ठा व दृढ़ संकल्प से ही आशा की ये किरणें दैदीप्यमान सूर्य का रूप ले सकती हैं। 125 करोड़ से अधिक जनसंख्या वाले इस विशाल देश में सक्षम व साहसी युवाशक्ति के अभाव की बात तो अविश्वसनीय है। केवल अंतःप्रेरणा, दिशा-निर्देश व सही मार्गदर्शन मात्र से ही नवीन चेतना व नव-स्फूर्ति का जागरण हो सकता है। फिर यदि आज हम सभी स्त्री-पुरूष, युवा-वृद्ध दहेज प्रथा के विनाश का बीड़ा उठा लें तो नये वर्ष नहीं तो कम से कम आने वाली नई शताब्दी तक तो ऐसे समाज की कल्पना के साकार होने की आशा की जा सकती है जिसमें किसी 'गृहलक्ष्मी' को दहेज के कारण मृत्यु का शिकार नहीं होना पड़ेगा, न ही कन्या को 'बोझ' माना जायेगा। दहेज प्रथा घूसखोरी तथा भौतिकवादी सोच का परिणाम है। दहेज निषेध कानून का बहुत दुरूपयोग भी आजकल बढ़ गया है।

# 19

# माँ मत जाओ- एक दृष्टिकोण

सन् 1996-97 में हम अजमेर में रहते थे। हमारी बेटी व दामाद जयपुर में केन्द्रीय सरकार के पदाधिकारी थे। हमारा ढाई वर्षीय पौत्र संवित जो अब ईश्वर की असीम कृपा से आई.टी. कानपुर में इंजीनियरिंग पढ़ रहा है, हमारे पास रहता था। जयपुर अजमेर से बहुत पास है अतः वे दोनों प्रायः शुक्रवार की रात तक अजमेर आ जाते और सोमवार की सुबह जल्दी निकलकर ऑफिस के समय तक जयपुर पहुँच जाते थे। संवित हमारा पहला बहुत ही लाड़ला नाती है। प्यार-दुलार के बीच खूब खुश रहता था किन्तु माँ को जाते हुए देखकर 'माँ मत जाओ' कहते हुए खूब रोता था। इसे देखकर मेरा भी जी भर आता था। ऐसे ही एक दिन मैं उसे समझाने का प्रयत्न कर रही थी, "मम्मी चली गई तो क्या हुआ, तुम्हारे पास तो मम्मी की भी मम्मी है।" यह सुनकर उसने जो उत्तर दिया उसे मैं कभी नहीं भूल सकती। "मम्मी की मम्मी तो ठीक है पर मुझे तो शिखा माथुर जो मेरी मम्मी हैं वही चाहिये।" नन्हें से बालक के उस तर्क ने मुझे निरूत्तर कर दिया।

कुछ भी हो, बच्चे के लिए माँ से बढ़कर कोई नहीं हो सकता। संवित तो फिर भी कुछ बड़ा और समझदार था, अपनी बात कह लेता था। किन्तु इस युग में उन मांओं की बढ़ती हुई संख्या को देखकर जो नन्हें अबोध शिशुओं के दूध की बोतल नानी, दादी या आया को पकड़ाकर सुबह आठ नौ बजे काम पर जाने के बाद शाम छह या सात बजे के बाद ही घर आ पाती हैं, अपने जन्मसिद्ध अधिकार से वंचित नौनिहालों के लिए मन करूणा से भर आता है, जो बोलना भी नहीं जानते और अपनी बात तक नहीं कह पाते।

वस्तुतः नारी समानता व सशक्तीकरण के लिए बुलन्द होती आवाजें व लगाये गए नारे व इसको लेकर होने वाले विश्वस्तरीय एवं

राष्ट्रीय सम्मेलन महिलाओं को आर्थिक आत्म-निर्भरता व स्वाभिमान पूर्वक, सम्मानपूर्वक जीने के अधिकार देकर सशक्त बनाने के लिए युक्तिसंगत हैं किन्तु माँ की ममता व संरक्षण की सबसे अधिक आवश्यकता वाले अत्यन्त महत्त्वपूर्ण समय से वंचित अबोध शिशुओं के लिए कदापि नहीं जो बोलना भी नहीं जानते।

यों तो स्कूल से आने पर भी बच्चे माँ को घर में ही पाना चाहते हैं जो उनकी आवश्यकताओं का ध्यान रखे, स्कूल की ढेर सारी बातें सुनने के लिए उसके पास समय हो। जरूरत पड़ने पर पढ़ाई व होमवर्क में भी उनकी सहायता कर सकें। उनकी दृष्टि से देखा जाय तो यही स्वाभाविक और उचित भी है। इससे जो सहज आत्मीयता और परस्पर विश्वास का भाव विकसित होता है वह उनके व्यक्तित्व के निर्माण और विकास में सदैव सहायक होता है। लेकिन बदलते समय व परिवेश के साथ दृष्टिकोण में परिवर्तन आना भी आवश्यक है। महिलायें घर और चूल्हे चौके तक ही सीमित ना रहकर आत्मतुष्टि के लिए भी कुछ करें- यह समय की मांग को देखते हुए न्यायसंगत है। यों तो घर में रहकर भी लेखन अथवा ललित कलाओं को विकसित करके या घरेलू उपयोग की वस्तुएँ बनाकर भी समय का सदुपयोग व धनार्जन भी किया जा सकता है, किन्तु यदि बाहर जाकर ही काम करना आवश्यक हो तो जब बच्चे स्कूल जाने लगें, कम से कम इतने बड़े हो जायें कि अपनी बात कर सकें, अपनी समस्याएं व परेशानी बता सकें, अपने छोटे मोटे जरूरी काम स्वयं कर सकें, तभी घर से बाहर निकलकर काम करने की बात सोचना उचित होगा। यह भी अत्यन्त महत्त्वपूर्ण और आवश्यक है कि जो समय बच्चे को माता-पिता की अनुपस्थिति में बिताना है उसकी ऐसी व्यवस्था होनी चाहिए कि वे स्वयं को असुरक्षित महसूस ना करें। कभी कभी बचपन के कटु अनुभवों का दुष्प्रभाव उनके सरल हृदय में नकारात्मक ग्रन्थियों का रूप ले लेता है तथा उनके व्यक्तित्व के सहज विकास में बाधा बनकर जीवनपर्यन्त हानिकारक सिद्ध हो सकता है। सबसे अच्छा तो यही है कि बच्चा घर ही में दादा-दादी या नाना-नानी के वात्सल्यपूर्ण संरक्षण में रहे अथवा आजकल ऐसे प्ले

स्कूल, क्रेच आदि हैं जहाँ स्कूल के बाद माता–पिता के ऑफिस से आने तक बच्चे उनमें रह सकते हैं। खेलने के लिए दूसरे बच्चों का साथ भी रहता है। खाली घर में अकेले आया या नौकर के बजाय यहाँ बच्चे अपेक्षाकृत खुश व सुरक्षित रहते हैं।

यदि आर्थिक विवशता ना हो तो केवल आत्मतुष्टि के लिए या टाइमपास करने के लिए घर से बाहर काम करने से पहले माँ को यह नहीं भूलना चाहिये कि जीवन के प्रारंभिक वर्षों में जिस वातावरण व परिस्थिति में बच्चा पलता व बड़ा होता है, जो संस्कार बचपन में मिलते हैं वे ही उसके व्यक्तित्व एवं चरित्र निर्माण में नींव के पत्थरों का काम करते हैं। यह सभी जानते हैं कि किसी भवन की दृढ़ता व स्थिरता उसकी नींव पर ही आधारित होती है। बच्चों के बहुमुखी विकास के लिए अनुकूल वातावरण व अच्छे संस्कार देकर उनके सुसंस्कृत सफल व्यक्तित्व एवं चरित्र निर्माण का प्रथम व प्रमुख दायित्व निःसन्देह माता–पिता का ही है। आगे चलकर इन बालक बालिकाओं को ही प्रेम, विश्वास एवं सौहार्द्रपूर्ण परिवारों, सभ्य प्रगतिशील समाज तथा विश्व में ऊँचा स्थान रखने वाले उन्नत देश के निर्माण की जिम्मेदारी उठानी होगी। अतः इसके लिए उनके द्वारा किया गया त्याग व बलिदान युक्तिसंगत, तर्कसंगत व न्यायसंगत है।

# 20

# स्पन्दन-1

न जाने ईश्वर ने मनुष्य को ऐसा क्यों बनाया है कि प्रायः व्यक्ति स्वयं को दूसरों से अधिक बुद्धिमान समझता है। इसी कारण ना तो वह आत्म-विश्लेषण की आवश्यकता समझता है और ना यह स्वीकार करने की कि यदि यह मान भी लिया जाय कि ईश्वर ने उसे कुछ अधिक बुद्धि दी है तो दूसरों को भी थोड़ी बहुत तो अवश्य दी है। यह मानते हुए यदि लोग अहं भाव को नकारने और दूसरों के उत्तम विचारों और सुझावों को स्वीकारने का प्रयत्न करें तो संसार में एक सुखद शान्तिमय परिवर्तन आ सकता है, किन्तु क्या यह संभव है?

स्वभाव की दृष्टि से देखा जाये तो प्रत्येक व्यक्ति दूसरे से भिन्न है। कोई गंभीर तो कोई चंचल, कोई बहिर्मुखी तो कोई अन्तर्मुखी, कोई कल्पनाशील तो कोई यथार्थवादी, कोई कोमल व संवेदनशील तो कोई कठोर ह्रदय वाला (ये प्रायः अपने लिए संवेदनशील पर दूसरों के लिए कठोर व संवेदनहीन भी होते हैं)। जो भीतर और बाहर दोनों तरह से कोमल या कठोर होते हैं उन्हें समझना कठिन नहीं होता क्योंकि उनके व्यवहार और प्रतिक्रिया का अनुमान सहज ही हो जाता है किन्तु कठोर स्वभाव वालों में कुछ ऊपर से जितने कठोर दिखाई पड़ते हैं भीतर से कच्चे नारियल के समान उतने ही कोमल और संवेदनाओं से भरपूर होते हैं। ऐसे लोग बहुत गहरे होते हैं, उनकी थाह पाना हरेक के वश की बात नहीं होती।

इसी प्रकार संवेदनशील में भी कुछ पूरी तरह से संवेदनाओं से भरपूर, दूसरे की वेदना को भी समझते हैं और किसी को ठेस नहीं पहुँचाते। कुछ लोग अपने लिए बेहद संवेदनशील किन्तु दूसरों के प्रति कठोर होते हैं। ऐसे लोग संवेदनहीन व्यक्तियों के लिए तो ठीक हैं किन्तु

संवेदनशील अथवा ऊपर से कठोर भीतर से कोमल श्रेणी के लोगों के लिए दु:खदायी सिद्ध हो सकते हैं।

गंभीर प्रकृति के लोगों में जो बुद्धिमान व गंभीर हैं, वे प्राय: बुद्धिजीवी होते हैं और दूसरों को किसी प्रकार की हानि नहीं पहुंचाते। किन्तु बुद्धिहीन गंभीर लोगों से जरा बचकर ही रहन है क्योंकि ये प्राय: अन्तर्मुखी भी होते हैं, अत: उनकी थाह पाना भी कठिन ही होता है।

चंचल व चुलबुले लोग प्राय: सबको प्रिय लगते हैं क्योंकि हंसना हंसाना ही उनका काम होता है किन्तु इनमें भी जो बुद्धिमान और विचारशील हैं वे तो ठीक हैं किन्तु जो बिना विचारे बोलते या काम करते हैं वे दूसरों को तो चोट पहुंचाते ही हैं साथ ही अपने लिए भी हास्यास्पद स्थिति उत्पन्न कर लेते हैं

अन्तर्मुखी व बहुर्मुखी में बहुर्मुखी को समझना सरल होता है क्योंकि उसका जीवन खुली किताब के समान होता है जबकि अन्तर्मुखी चाहे कितना सहज सरल हो आसानी से गलतफहमी का शिकार हो सकता है, क्योंकि वह बोलता कम सोचता ज्यादा है। उसे समझने के लिए उसके अन्दर झाँकने की आवश्यकता होती है जो हरेक के वश की बात नहीं होती।

कल्पनाशील और यथार्थवादी में कल्पनाशील लोग भावनात्मक दृष्टि से सुखी रह सकते हैं क्योंकि वे अपनी ही दुनिया में रहते हैं किन्तु यथार्थ के धरातल पर प्राय: मात खा जाते हैं क्योंकि यथार्थ का सामना किये बिना इस मायावी संसार में रहन असंभव ही है। यथार्थवादी की स्थिति इसके विपरीत ही होती है अर्थात् भौतिक दृष्टि से सन्तुष्ट किन्तु भावनात्मक स्तर पर खाली। अत: इस कारण प्राय: भावुक और संवेदनशील लोगों के लिए कष्टदायी भी।

एक विभाजन और हो सकता है स्वार्थी, नि:स्वार्थी व परमार्थी। परमार्थी की स्थिति अलग है। वे संसारिक मायाजाल से दूर स्थितप्रज्ञ रहते हुए जीवन के परमलक्ष्य यानि मोक्ष प्राप्ति के लिए अध्यात्म के पथ पर अग्रसर रहते हैं। मानव जन्म का वास्तविक उद्देश्य यही होना भी चाहिये लेकिन ऐसे बिरले ही होते हैं। स्वार्थी और नि:स्वार्थी में स्वार्थी

लोग निजी स्वार्थ सिद्धि के लिए सदैव तत्पर अपने लिए तो संवेदनशील भी होते हैं किन्तु दूसरों के लिए कठोर व संवेदनहीन होते हैं। इसी कारण कष्टदायी भी। इसके विपरीत निस्वार्थी लोग दूसरों को निःस्वार्थ भाव से लाभ पहुंचाने के कारण सुखदायी सिद्ध होते हैं किन्तु अपने या अपनों के लिए कष्टप्रद भी हो सकते हैं क्योंकि सामान्य जीवन के लिए व्यवहारिक होना पड़ता है, साथ ही थोड़ा बहुत स्वार्थी भी वरना स्वार्थी लोग उन्हें बुद्धू बनाकर अपना स्वार्थ सिद्ध करने में कोई कसर नहीं छोड़ते।

मनुष्य का स्वभाव इतना विचित्र और विविधतापूर्ण है कि स्पष्ट विभाजन रेखायें खींचना संभव नहीं है। एक सिंहावलोकन प्रस्तुत किया गया है। यों एक सामान्य जीवन के लिए मध्य मार्ग ही अच्छा है। यदि इसे अपनाया जाये तो जीवन कुछ सहज, सरल और अधिक सुन्दर हो सकता है।

*परिचिन मर्त्यो द्रविणं ममन्याद्, ऋतस्य पथा नमसा विवासचेत्।*
*उतस्वेन क्तुना संवदेत, घ्रेयांसं दक्षं मनसा जगृम्यात्।।*

क्षणिक जीवन वाला मनुष्य, बड़े आदर से एवं विश्वनियति (ऋतु) के अनुसार परिश्रम कर समृद्धि को प्राप्त करे। अर्जित धन को दानादि पुण्य–कार्यों में विनियुक्त करे। स्वयं की सतर्क बुद्धि के साथ संवाद करते हुए, उत्तरोत्तर श्रेष्ठतर दक्षता को मनोयोग से प्राप्त करता रहे।

**– ऋगवेद**

# 21

# स्पन्दन-2

संसार में सुखी रहने के लिए पारस्परिक संबंधों को पर्याप्त महत्व देना नितान्त आवश्यक है। हम मानें या ना मानें किन्तु यह अधिकतर एक हाथ से लेने और दूसरे हाथ से देने के सिद्धान्त पर आधारित है। एक तरफा और निजी स्वार्थ पर आधारित संबंधों की नींव पक्की और मजबूत नहीं हो सकती। वे सतही और बनावटी से रह जाते हैं जिसमें मजा नहीं आता। उनका स्थायित्व भी संदेहास्पद रहता है। उनका टूटकर बिखर जाना निश्चित है। इसलिये हमें दूसरों के प्रति अपने व्यवहार में सदा सचेत व सतर्क रहना चाहिये कि उससे दूसरों की भावनायें आहत तो नहीं हो रहीं। उन्हें चोट तो नहीं पहुंच रहीं। इस विषय में संत कवि रहीम ने धागे जैसे सूक्ष्म से अत्यन्त सारगर्भित व सटीक जीवन दर्शन प्रस्तुत किया है– *'रहिमन धागा प्रेम का मत तोड़ो चटकाय। टूटे से फिर नहीं जुड़े, जुड़े गांठ पड़ जाय।।'*

आदि शंकराचार्य ने "*गौरी दशकम्*" में कहा है, *'आशा पाश कलेश विनाशं विदधानाम्'* अर्थात् आशा ही समस्त क्लेश और विनाश का कारण है अतः किसी से अधिक उम्मीद ना रखी जाये। कहा भी गया है *'नेकी कर दरिया में डाल'*। यद्यपि यह कहना जितना सरल है व्यवहार में लाना उतना नहीं किन्तु अभ्यास के महत्त्व को जहाँ गीता में भगवान श्री कृष्ण ने *'अभ्यासेन तु कौन्तेय'* कहकर दर्शाया है, वहीं *'करत करत अभ्यास ते जड़मति होत सुजान'* जैसे महावाक्यों द्वारा इसकी पुष्टि भी की गई है। एक बात यह थी है कि भौतिक आदान प्रदान के लिए ऐसा करना फिर भी सरल है किन्तु भावनात्मक स्तर पर जरा कठिन हो जाता है। शारीरिक चोट तो अधिकतर समय के साथ ठीक हो ही जाती है किन्तु मन पर लगे आघात को आसानी से भुलाया

नहीं जा सकता। एक कसक शेष रह जाती है। एक छोटी सी बात को मानकर चलें कि यदि हम दूसरों से कुछ आशायें रखते हैं तो उन्हें भी हमसे कुछ अपेक्षायें तो अवश्य ही होंगी। यदि इसका ध्यान रखा जाये तो पारस्परिक व्यवहार में आत्मीयता और मिठास स्वयं ही आ जायेगी।

जीवन को रसमय और रोचक बनाने के लिए हास परिहास का बहुत महत्व है लेकिन उतना ही जो दूसरों को आहत ना करे। किन्तु बनावटी या ऊपरी दिखावा किसी काम का नहीं रहता। दूसरों को प्रभावित या खुश करने के लिए जबरदस्ती ओढ़ा गया सज्जनता और विनम्रता का मुखौटा व्यावसायिक जीवन में परिस्थिति के अनुसार आवश्यक और व्यवहारिक भी हो सकता है किन्तु आत्मीय और पारस्परिक संबंधों या मित्रता में ऐसा करने से रिश्तों की मिठास और स्थिरता नहीं रह पाती। ऊँचे पद और धन सम्पत्ति के अहंकार एवं दिखावे से सच्चा प्रेम और सम्मान अर्जित नहीं किया जा सकता। इस विषय में प्रसिद्ध दार्शनिक सुकरात ने बिल्कुल ठीक कहा है, 'संसार में आदरपूर्वक जीने का सबसे सरल और शर्तिया उपाय यह है कि हम जो बाहर से दिखलाना चाहते हैं वैसे अन्दर से भी हों।'

सारी कमियां और बुराइयाँ दूसरों में और एक सर्वगुण सम्पन्न नहीं हो सकता। कभी कभी आत्म-निरीक्षण करना आवश्यक है। अपनी गलतियों व कमियों को स्वीकारना भी एक बहुत बड़ा गुण है। दूसरों के द्वारा की गई आलोचना को भी सही दृष्टिकोण से देखकर स्वयं सुधारने का प्रयत्न करने में अपना ही लाभ है। कहा भी है–

*'निंदक नियरे राखिये आँगन कुटी छवाय। बिन पानी बिन साबुन, निर्मल करे सुभाय।।'*

वैसे भी जिस प्रकार वन में जाने के लिए सारे वन को चमड़ से नहीं ढँका जा सकता। अपने पैरों में जूता पहनकर ही कांटों से बचना संभव है। ऐसे ही सारा संसार हमारी इच्छा के अनुसार चले यह आशा करना व्यर्थ है। अतः स्वयं को बदलने का प्रयत्न करना ही श्रेयस्कर है।

दूसरों को उनकी कमियों के लिए अवकाश देना व गलतियों के लिए क्षमा करना भी एक सद्‌गुण है। इसके लिए अपने अहं भाव को

मिटाना होगा। कम से कम अपने अहं को दूसरों के आत्मसम्मान या स्वाभिमान से बड़ा नहीं समझना चाहिए। अनन्त अखंड ब्रहाण्ड में अपनी स्थिति एवं मायावी संसार की नश्वरता और क्षणभंगुरता के चिन्तन व मनन द्वारा अहंभाव या अहंकार की निरर्थकता को समझा जा सकता है। मनुष्य जीवन का परम लक्ष्य भगवतप्राप्ति एवं मोक्ष पा लेना ही तो है। इसके लिए एकमात्र उपाय अहं को त्याग कर परब्रह्म में पूर्णरूपेण लीन हो जाना, उस पराशक्ति के साथ एकाकार हो जाना ही तो है।

क्रोध हमारा बहुत बड़ा शत्रु है इसके कारण दूसरों को तो कष्ट पहुँचता ही है पर नुकसान अपना अधिक होता है। क्रोध के आवेश में किये गये आचरण और व्यवहार से उन सब गुणों पर पानी फिर जाता है जो हमारा सहज और वास्तविक स्वभाव है। मनुष्य क्रोधवश कभी-कभी ऐसे कार्य कर बैठता है जिनके लिए जीवन भर पछताना पड़ सकता है। उच्च रक्तचाप, मानसिक तनाव आदि का यह एक प्रमुख कारण है। इसे छोड़ने का हर संभव प्रयास करना चाहिये। *भगवद् गीता में कहा है– त्रिविधं नरक स्ये द्वारं नाशनमात्मनः। काम क्रोधस्तथा लोभस्तस्मादेत्रयंत्यजेत्।।*

नैतिकता, आत्मसंयम व स्वानुशासन द्वारा कुत्सित कामनाओं व लोभ जैसी दुष्प्रवृत्तियों से बचा जा सकता है। ये दोनों भी विनाश की ओर ले जाने वाली हैं। विद्वान संत जनों व गुरूजनों के ज्ञान व अनुभवों से सीखकर आत्म परिष्कार व आत्मोन्नति का सन्मार्ग अपनाकर जीवन को उन्नत व सफल बना सकते हैं।

भविष्य को हम जानते नहीं और जो बीत गया उसे हम बदल नहीं सकते। हाँ पुरानी गलतियों को भविष्य में न दोहराने का संकल्प करके स्वयं को सुधार अवश्य सकते हैं लेकिन उसमें से अनावश्यक और अवांछनीय को पकड़े रहकर वर्तमान को अशान्त बनाना बुद्धिमता नहीं है। जो सामने है उसका सर्वाधिक सदुपयोग करके ही जीवन को सहज, सरल, सुखमय बनाया जा सकता है।

जीवन के भावनात्मक और विचारात्मक ये दो पहलू हैं। समय और परिस्थिति के अनुसार कब किसे अधिक महत्त्व देना है इसके लिए विवेक का प्रयोग करना चाहिये। अच्छा व बुरा समय सभी के जीवन में आता है। विशेष रूप से कठिन समय में धैर्यपूर्वक बुद्धि या विवेक से काम लेना ही व्यवहारिक और लाभप्रद सिद्ध होता है। ईश्वर में आस्था और विश्वास रखते हुए धैर्य व साहसपूर्वक कठिनाई का सामना करने से आत्मविश्वास जागृत होता है। हम अन्दर से मजबूत बनते हैं। ईश्वर से कभी बाधा रहित जीवन की प्रार्थना ना करें बल्कि उनसे एक धैर्यशील हृदय और आत्मबल प्रदान करने की प्रार्थना करें।

उच्च महत्वाकांक्षायें प्रगति का प्रतीक हैं किन्तु ऊँचा लक्ष्य बनाने और प्राप्ति के लिए समुचित प्रयत्न ना करके बाद में असफलता के लिए बहाने बनाना या दूसरों पर दोषारोपण करना कायरता है। दृढ़ संकल्प और सम्पूर्ण एकाग्रता के साथ किया गया कर्म व पुरूषार्थ निश्चित ही सफलता की ओर ले जायेंगे। यह भी नहीं भूलना चाहिये कि अपने प्रारब्ध से कम या अधिक किसी को नहीं मिलता। अतः जो प्राप्य है उसी में संतुष्ट व प्रसन्न रहने में ही अपनी भलाई है।

यों तो सम्पूर्ण जगत का नियन्ता सर्वशक्तिमान परब्रह्म ही अपनी पराशक्ति से सब कुछ करने वाला है। इसमें रंच मात्र भी संदेह नहीं है किन्तु उसकी माया से उत्पन्न इस संसार रूपी प्रपंच की प्रत्येक गतिविधि के संचालन हेतु किसी ना किसी को निमित्त भी उसी ने बनाया है। इसके लिए पुरूषार्थ व कर्म करने के लिए विवेक, सामर्थ्य व शक्ति भी उसी ने प्रदान की है। अतः अपने लिए निर्धारित पात्र के विभिन्न पहलुओं को पूरी ईमानदारी और निष्ठापूर्वक निर्वाह करने का संकल्प और निर्लिप्त होकर दृष्टाभाव से देख पाने की दृष्टि को जागृत कर लिया जाय तो जीवन सहज, सरल व सुखमय हो सकता है। यह भी निश्चित है।

# 22

# 'चलते रहो प्यारे फटाफट'

(सी.आर.पी.एफ.)

केन्द्रीय रिजर्व पुलिस बल हमारे देश का सर्वोत्तम एवं महान अर्द्ध सैनिक बल है। 'सेवा और भक्ति' इसका नारा है। वास्तव में कर्त्तव्य परायणता और देश के प्रति पूर्ण समर्पण में इसका कोई जवाब नहीं। अनेकता में एकता, अनुशासन और सच्चाई व ईमानदानरी का भी यह बल उत्कृष्ट उदाहरण है। देश में आन्तरिक विद्रोह, आतंकवाद की स्थिति, साम्प्रदायिक दंगे अथवा प्राकृतिक आपदा, किसी भी प्रकार की कठिन परिस्थिति में यह बल देश की आन्तरिक सुरक्षा के प्रति कटिबद्ध रहता है। सरकार व जनता का इसमें पूरा भरोसा है। कठिनाई के समय के.रि.पु.बल के आगमन से जनता पूरी तरह आश्वस्त व निश्चिन्त हो जाती है कि अब सब ठीक हो जायेगा।

तीस वर्ष के लम्बे समय तक इस बल से सम्पर्क रहा। इस अतीत पर दृष्टिकोण करने पर जो चलचित्र आंखों के सामने आ रहा है उसे लेखनीबद्ध करने के लिए एक पुस्तक लिखी जा सकती है। यहाँ कुछ संस्मरणों का उल्लेख ही पर्याप्त रहेगा जिनसे 'सेवा और भक्ति' को अपना लक्ष्य मान कर चलने वाले इस महान पुलिस बल की विविधता, अनेकता में एकता, कर्त्तव्यपरायणता एवं मार्ग में आने वाली दुर्गम चुनौतियों का किंचित आभास पाठकों को मिलेगा।

1966 में विवाह के पश्चात् इस विशाल परिवार की सदस्या बनकर सबसे पहले मैं मध्य प्रदेश के नीमच नामक स्थान पर गई। ट्रेनिंग सेन्टर में पतिदेव के असिस्टेन्ट प्रिंसिपल पद को सुनकर अनुमान था कि स्कूल कालेज की तरह गर्मी की लम्बी और सभी त्यौहारों की भी छुट्टियाँ होंगीं, मौज रहेगी और सैर-सपाटे को मौका भी खूब

मिलेगा। आगे जाकर देखा तो सैर-सपाटा तो खूब ही हुआ पर छुट्टी तो रविवार की भी मुश्किल से ही मिलती थी। विशेष रूप से यदि उसके लिए पहले से कोई योजना बनाते तो अवश्य ही ऑफिस से बुलावा आ जाता था। सुबह ठीक साढ़े छः बजे परेड शुरू होने से पाँच-दस मिनट पहले पहुँचने के लिए कम-से-कम पांच बजे तो उठना जरूरी था। शाम को रोलकॉल में जवानों की उपस्थिति की सूचना दी जाती थी। अनुपस्थित रहने वालों के लिए 'भगोड़ा' शब्द सुनकर अनायास ही हंसी आ जाती थी। घूमने जाते समय रास्ते में कहीं भी मिल जाने पर जवानों को ठक् से सावधान होकर अभिवादन करना भी मेरे लिए नया ही अनुभव था।

प्रिंसिपल साहब, उनकी पत्नी, व पतिदेव के अन्य सहयोगी मित्रों व परिवारों का भरपूर स्नेह व सहयोग प्राप्त हुआ। अपनी नई-नई गृहस्थी व्यवस्थित होने तक घर में खाना बनाने की जरूरत ही नहीं पड़ी। एक बड़े परिवार की तरह सब मिलजुलकर रहते तथा एक-दूसरे के सुख-दुःख में शामिल होते थे। श्रीमती और श्री वर्माजी तो हमारे संरक्षक के समान थे। श्रीमती वर्मा एक उच्च कोटि की कलाकार और शास्त्रीय गायन में निपुण थीं। उन्होंने कई अन्य संगीत प्रेमी परिवारों के साथ एक छोटा-सा क्लब बनाया। हर सप्ताह संगीत की बैठक में हास-परिहास का पुट रहता और समापन चाय-नाश्ते के साथ होता। यों भी आफिसर्स क्लब में महीने में एक बार डिनर पार्टी होती जिसमें सबको एक-दूसरे से मिलने का मौका मिलता। साथ ही संगीत या अन्य रोचक कार्यक्रमों के द्वारा मनोरंजन भी होता था।

केन्द्रीय बल होने के कारण सभी प्रान्तों के लोग इसके सदस्य हैं, अतः पारस्परिक सहयोग एवं सांस्कृतिक आदान-प्रदान का अद्भुत मिश्रण इसकी विशेषता है। सभी धर्मों के मुख्य त्यौहार बिना भेदभाव के उत्साहपूर्वक मिलजुलकर मनाये जाते हैं। भिन्न प्रान्तों के विविध पकवानों का स्वाद तो चखने को मिलता ही था, साथ ही यदि बनारस की श्रीमती मिश्रा के बनाये हुए इडली-डोसे, श्रीमती बालकेशवन के

और श्रीमती दामोदरन के बनाये समोसे और दहोबड़े, इलाहाबाद की श्रीमती श्रीवास्तव को मात दे दें तो भी कोई आश्चर्य की बात नहीं थी।

स्मृतियों के द्वार खुलने पर अनेक दृश्य सामने आ रहे हैं। 1968-69 में मध्य प्रदेश के बड़वाहा *R.T.C. (Recruit Training Centre)* में आस्ट्रेलिया के श्री एल.जे. हॉल साहब प्रिंसिपल थे, माथुर साहब वाइस प्रिंसिपल तथा अन्य भी युवा अधिकारी थे। इनमें कुछ नवविवाहित और कुछ अविवाहित भी थे। हॉल दम्पत्ति बहुत ही हंसमुख और खुश मिजाज थे। हम सबके प्रति उनका अत्यन्त स्नेहपूर्ण व्यवहार था। श्री हॉल साहब अच्छे अनुशासक और सिद्धांतवादी भी थे। काम के समय पूरी मेहनत और लगन के साथ काम करने के साथ-साथ स्वास्थ्य और मनोरंजन को भी महत्त्व देते। सभी के लिए शाम को टेनिस, बैडमिंटन आदि आउटडोर गेम खेलना ही नहीं वरन् निर्धारित समय पर ग्राउण्ड में पहुँचना अनिवार्य था। नियम भंग करने वाले को दण्ड स्वरूप उस शाम की चाय या कोल्ड ड्रिंक पिलाना होता था जिससे बचने के लिए सब प्रयत्नशील रहते। महिलाओं का भी सक्रिय योगदान रहता और आये दिन किसी ना किसी के घर से कोई विशेष व्यंजन बनकर आता और सब उसका आनन्द लेते। इस प्रकार मिल जुलकर *Celebrate* करने के लिए बच्चे का पहली बार बोलना या पहला कदम रखना जैसी छोटी-छोटी खुशियों का बहाना काफी होता था। एक खुशहाल परिवार की तरह सब रहते थे। श्रीमती हॉल को बुनाई करने का शौक और बच्चों से बहुत प्यार था। हममें से जिनके छोटे बच्चे थे सबके लिए बहुत ही सुन्दर स्वेटर, टोपी, मोजे आदि बनाकर उन्होंने दिए। बड़वाहा में दरियाव महल में ही ट्रेनिंग सेन्टर बना था, यह महल एक मील लम्बा था तथा इन्दौर के महाराज से खरीदा गया था।

महिलाओं में पाक व हस्तकलाओं का आदान-प्रदान भी खूब होता है। गुन्टूर (आंध्र प्रदेश) की श्रीमती मुकाशी फ्राक आदि काटकर सिलना मुझसे ही सीखकर इतनी कुशल हो गई कि कुछ समय बाद में स्वयं आग्रह करके मेरी दोनों बेटियों के लिए सुन्दर-सुन्दर फ्राकें बनाकर दी। कर्नाटका की श्रीमती भट्ट ने जिन्हें ऊन के फन्दे डालना

भी नहीं आता था, एक महीने के अन्दर डा. भट्ट का पूरी बाहों का स्वेटर तैयार कर दिया। ऐसी छोटी-छोटी अनेक स्मृतियाँ मन के कोने से बाहर आने का प्रयत्न कर रही हैं, किन्तु सबका उल्लेख करना संभव नहीं है फिर भी यथासंभव प्रयत्न करती हूँ।

सी.आर.पी. के ग्रूप केन्द्रों में परिवार कल्याण केन्द्र होते हैं, जहां महिलाओं को सिलाई, बुनाई, कसीदाकारी व अन्य हस्तकलायें सिखाई भी जाती हैं और उनके द्वारा तैयार किये गये सामान के लिए पारिश्रमिक दिया जाता है। समय-समय पर प्रदर्शनी लगाकर उनकी बिक्री भी की जाती है। बच्चों के लिए नर्सरी या प्राइमरी स्कूल भी होते हैं। समय-समय पर खेलकूद तथा फुटबाल, हॉकी, बॉस्केट बॉल आदि की प्रतियोगिताओं का आयोजन सक्रियता व सरसता बनाये रखता है।

प्रशिक्षण केन्द्रों में प्राय: ग्रामीण परिवेश अथवा मध्यवर्गीय परिवार में से आये युवाओं का भर्ती के समय का हुलिया तथा प्रशिक्षण पूरा होने पर पासिंग आउट परेड में पुलिस यूनिफार्म व चमचमाते बूटों में सुसज्जित कदम से कदम मिलाकर परेड करते हुए व तन-मन-धन से देश की सेवा व सुरक्षा की शपथ ग्रहण करते हुए नौजवानों को देखकर ऐसा लगता है मानो वे एक सुदृढ सांचे में से ढल कर आये हों। यह एक विचित्र गर्वपूर्ण सुखद अनुभूति होती है।

भारत भ्रमण का पूरा अवसर इस बल के सदस्यों व उनके परिवारों को भी मिलता है। इस विशेषता के लिए सी.आर.पी.एफ. को 'चलते रहो प्यारे फटाफट' नाम भी दिया गया है। देश के प्राय: सभी प्रान्तों के महत्वपूर्ण धार्मिक स्थलों-बाबा अमरनाथ, वैष्णव देवी, खीर भवानी, असाम में प्रसिद्ध कामाख्या देवी आदि के दर्शन ईश्वर की कृपा से अनायास ही हो गये। 1972-73 में कश्मीर प्रवास के समय धरती का यह स्वर्ग अपेक्षाकृत शान्त था। लगभग दो वर्षों में वहां के हर मौसम के प्राकृतिक सौन्दर्य की अनुपम दृश्य वर्णनातीत है। कश्मीर घाटी में दूर-दूर तक फैली हिमाच्छादित धवल पर्वत श्रृंखलाओं, पतझड़ के बाद सभी वृक्षों की शाखओं पर जमी हुई बर्फ के दिव्य सौन्दर्य को देखे बिना अनुमान लगाना कठिन है। यही नहीं, सभी घरों, ऊँची-ऊँची

इमारतों, सड़कों व मैदानों को बर्फ की परतों से ढका हुआ तथा बर्फ को रुई के समान हल्के-हल्के गिरता हुआ देखना भी एक विलक्षण अनुभव है। बच्चे कई बार उठाकर ले आते और शुद्ध बर्फ पर रुह आफजा या फलों का स्कैश डालकर चुस्की का आनन्द लेते। एक अच्छी बात यह भी रही कि पहाड़ की जलवायु और वातावरण इतना शुद्ध था कि भीषण सर्दी के बावजूद बच्चे स्वस्थ्य रहे, किन्तु सबकुछ इतना सरल भी नहीं था। भारी हिमपात होने पर मार्ग अवरूद्ध हो जाने और आवागमन रूक जाने पर सामान्य जीवन में अनेक कठिनाइयां भी आती हैं। कश्मीर की विकट सर्दी से बचने के लिए सामान्य नागरिक पारम्परिक वेशभूषा 'फिरन' (एक विशेष गाउन) के अन्दर बड़ी कुशलता से 'कांगड़ी' नामक मिट्टी के छोटे से पात्र में कोयले की आग रखते हैं तभी दैनिक क्रियाकलाप कर पाते हैं। हम भी 'बुखारी' (एक बड़ी सी विशेष अंगीठी जिसमें पत्थर का कोयला जलाया जाता था और मोटा सा पाइप खिड़की के द्वारा धुएं व गैस को बाहर निकालने के लिए लगा रहता था) के सहारे वहां की ठंड का सामना कर पाए। सर्दियों के बाद बर्फ पिघलने पर वृक्ष पहले सफेद फूलों से भर जाते फिर पत्तियाँ और बाद में सेब, खुबानी, बादाम, अखरोट आदि फल लगते। गर्मीयों में खुबानी, आड़ू, चैरी आदि मौसमी फलों का बारी-बारी से बीस-पच्चीस दिन का सीजन रहता। सितम्बर-अक्टूबर तक सेब के बगीचे लाल-ला फलों से लद जाते थे।

लगभग दो सौ किस्म के सेब यहाँ मिलते हैं। अखरोट, बादाम जैसे मेवे, केसर की क्यारियां, दूर-दूर तक फैले धान के खेत, सड़कों किनारे ऊँचे-ऊँचे चिनार के वृक्ष, महकते गुलाब, तरह-तरह के फूल यानि प्राकृतिक सौन्दर्य व सम्पदा का अनुपम भंडार यहाँ मौजूद है। श्रीनगर की डल झील उसमें रहने के लिए सभी सुविधाओं से युक्त हाउस बोट, सैर करने के लिए शिकारे, शालीमार और चश्मे शाही जैसे उद्यानों का सौन्दर्य देखते ही बनता है। कश्मीरी सिल्क की सुन्दर साड़ियाँ व अन्य परिधान, पशमीने की गर्म शालें, वहाँ की कसीदाकारी व हस्तकलाएँ

बेमिसाल हैं। सबके विवरण के लिए तो पूरी पुस्तक लिखनी होगी। कुल मिलाकर वहाँ बिताया गया समय चिरस्मरणीय है।

पाठक सोच रहे होंगे कितने मजे हैं इन सेना या अर्द्ध सैनिक बलों के सदस्यों के। सामान्य जन जहाँ की कल्पना भी नहीं कर सकते वहां पहुंच कर ये लोग मौज करते हैं। किन्तु, इसका एक दूसरा पहलू भी है। के.रि.पु. बल के सदस्यों का जीवन अनेक कठिनाइयों से भरा हुआ है। मणिपुर, नागालैंड, मिजोरम में घर–परिवार से सैकड़ों मील दूर घने बियावान जंगलों में रात के गहन अन्धकार में, जहाँ पता नहीं कब कहां से आतंकवादी हमला कर दें, सन्तरी पोस्ट पर सुरक्षा के इन वीर साहसी पहरदारों की मन:स्थिति का अनुमान आरामदेह घरों में बैठ कर नहीं लगाया जा सकता। महानगरों की अट्टालिकाओं में रहने वाले तथा वातानुकूलित ऑफिसों में काम करने वाले अफसर या देश का शासन चलाने का दम भरने वाले नेता नहीं कर सकते। साथ ही इनसे दूर गाँव या ग्रुप सेन्टर में रहने वाले परिवारों की भी बहुत अहम व कठिन भूमिका है। विद्रोह या आतंकग्रस्त क्षेत्रों में पति को भेज कर बच्चों व बूढ़े माता–पिता के साथ घर परिवार की जिम्मेदारियों को निभाने में पत्नी को अनेक कठिनाइयों का सामना करना पड़ता है। हर परिस्थिति के अनुरूप स्वयं को ढालने की अद्भूत क्षमता भारतीय नारी का विशेष गुण है। ये महिलाएँ बड़े साहस से हर परिस्थिति का सामना करती हैं। गांव से लम्बा–सा घूंघट निकाल कर आने वाली नव विवाहितायें देखते ही देखते अप–टू–डेट और स्मार्ट बन जाती हैं।

कश्मीर से आठ दिन की रेल यात्रा के बाद हम मणिपुर की राजधानी इम्फाल से भी आगे छोटी–सी जगह काकचिंग पहुंचे। जनवरी की कड़कती ठंड में छोटे बच्चों के साथ इतनी लम्बी रेल यात्रा में आने वाली कठिनाइयों का अनुभव भुक्तभोगी ही कर सकता है। उत्तर पूर्वांचल के मणिपुर, नागालैंड, मिजोरम, असाम प्रान्तों की भौगोलिक स्थिति के कारण आवागमन के साधनों का अभाव तथा कुछ सामाजिक व राजनैतिक कारणों से समुचित विकास न होना यहां के निवासियों के असंतोष का कारण बना। जनजातियों में उत्पन्न आक्रोश ने आतंकवाद को जन्म दिया। इस पर काबू पाने के लिए सरकार ने यहाँ सी.आर.पी.

को नियुक्त किया। दीमापुर अन्तिम रेलवे स्टेशन है। वहाँ से सड़क परिवहन द्वारा मणिपुर पहुँचने में ग्यारह-बाहर घंटे लग जाते हैं।

प्राकृतिक सौन्दर्य से भरपूर इस पहाड़ी इलाके में वर्षा खूब होती है। पहाड़ों के बीच कलकल बहते झरने, ढलानों पर अन्नानास के खेत, बेहद घने जंगलों में आम, कटहल व केले के पेड़ बहुत सुन्दर लगते हैं। बांस की जन जीवन में विशिष्ट भूमिका है। एकदम सफेद कच्चे बांस की कोंपलों की सब्जी व अचार से लेकर बेंत व बांस से बनाया गया कलात्मक फर्नीचर व मनमोहक कलाकृतियां मनुष्य की क्रियात्मकता व कल्पना शक्ति को दर्शाता है। मोटे-लम्बे बांसों को बीच से काटकर व जोड़कर पानी बहने की नालियों के रूप में प्रयोग होता है। किसी स्थान की जलवायु व प्राकृतिक सम्पदा वहां के निवासियों के रहन-सहन व रंगरूप को भी प्रभावित करती है। ग्रामीण क्षेत्रों में घर भी मोटे बांसों को चपटा करके बनाई गई चटाइयों की लकड़ी से बनाये जाते हैं। इन्हें 'बाशा' कहते हैं। हमारा भी बाशा था जिसमें अन्दर टाट लगाकर चूने की पुताई करके आरामदेह व बाहर फूलों का बगीचा लगाकर सुन्दर बनाया गया था। हमारे लिए यह बिल्कुल नया अनुभव था जिसे देखकर तीन वर्षीय बेटी कहने लगी, 'अरे मम्मी यह कैसा घर है, इसकी दीवारें तो हिलती हैं।' टाट और चटाई के बीच चूहों का साम्राज्य था। खाने की उपलब्ध वस्तुओं से लेकर चाकू, अखबार, टोपी जो भी मिलता खींच कर अन्दर ले जाते। कोई चीज गुम हो तो समझो चूहा ले गया। एक दिन सिलाई के धागों का डिब्बा खुला रह गया तो धागों की जगह रंगबिरंगी रूई मिली।

एक दिन हमें काकचिंग से कोहिमा जाना था। पाँच गाड़ियों के कनवाय के बिना कहीं जा नहीं सकते थे। कुछ आगे निकल जाने पर देखा कि एक बैग जिसमें बच्चों का जरूरी सामान था गलती से घर पर ही छूट गया। मजबूरी थी वापस जाना पड़ा। इस जाने-आने में एक घंटा तो लग ही गया। आगे जाकर उसी मार्ग पर देखा की लगभग एक घंटा पहले ही आर्मी के कनवाय पर 'एम्बश' हुआ और छः जवान मारे गये। अगर बैग लेने वापस न जाना पड़ता तो यह दुर्घटना हमारे साथ भी हो

सकती थी। ईश्वर ने रक्षा की, किन्तु सेना की बड़ी गाड़ी में सेना के वीर जवानों के वर्दीधारी मृत शरीर देखकर हृदय दुःख और करुणा से द्रवित हो गया। घर-परिवार से सैकड़ों मील दूर देश की सुरक्षा के लिए प्राण न्योछावर करने वाले अनेकों वीर शहीद हो जाते हैं। उनको कोटिशः नमन।

1974 में हुई रेल हड़ताल के समय पूरी बटालियन को मणिपुर से गुवाहाटी (आसाम) पहुँचना था। इसके लिए पहले तो दीमापुर तक की बारह घंटे की सड़क यात्रा पूरी की। वहाँ से विशेष ट्रेन द्वारा गुवाहाटी तक की छः-सात दिन की रेल यात्रा का एक अनोखा अनुभव रहा। पूरी बटालियन अर्थात् सिपाही, कुक, धोबी आदि से लेकर हवलदार, इन्सपेक्टर तथा उच्च अधिकारी आदि सभी, तथा कुछ के परिवार भी थे। छोटे बच्चे साथ में थे अतः खाने-पीने की यथासंभव पूरी व्यवस्था करके हम चले थे। एक अन्य डिब्बे में आवश्यक सामान के साथ कुक, धोबी आदि भी। ट्रेन समय-समय पर प्लेटफार्म से दूर कहीं सुनसान जगह पर रूकती और समयानुसार पूरी बटालियन का खाना या नाश्ता बनता। हमारे खाने की अलग व्यवस्था के बावजूद कम्पनी (लगभग बारह सौ सदस्यों की बटालियन छः कम्पनी में विभाजित रहती है) वाले अपना हलुआ आदि टेस्ट करने के लिए दे ही जाते जिसे खत्म करना भी मुश्किल हो जाता था। किन्तु तीन-चार दिन बाद ऐसी स्थिति भी आई जब हमारे साथ का नाश्ता आदि सब समाप्त हो गया, रेलवे की क्लीयरेंस ना मिलने के कारण गाड़ी बहुत देर तक नहीं रूकी और खाना बनाने का अवसर भी नहीं मिला। बच्चों को खूब भूख लग रही थी। खोजबीन के बाद एक सहयोगी के पास कुछ बासी पूरियाँ मिलीं। उन्हीं को अच्छी-से-अच्छी वस्तुओं के लिए नखरा करने वाले बच्चों ने, जिस तरह से खाया उसे पहली बार एहसास हुआ कि भूख क्या होती है। इतने दिन में मैले कपड़े भी इकट्ठे हो गए थे। ट्रेन रूकने पर धोबी ने फटाफट धोकर सुखाए और प्रेस भी करके तैयार कर दिए। हमारे डेढ़ वर्षीय बेटे ने खेलते-खेलते अपना एक जूता खिड़की के बाहर फेंक दिया। न्यू बंगई गांव स्टेशन से बड़ी लाइन शुरू होती थी, अतः पूरी ट्रेन

ही बदलनी थी। बटालियन की सब गाडियां-जीप आदि हमारे साथ ही ट्रेन में चल रही थीं। उनके उतारे जाने पर हम लोग जीप द्वारा बाजार गये, शुभांग के लिए नया जूता खरीदा, 'चन्द्रलोक' होटल में खाना खाया और स्टेशन आकर बड़ी लाईन की गाड़ी में सवार हो शेष यात्रा के लिए चल दिये। इस प्रकार सात-आठ दिन की इस विशेष यात्रा का यह अनुभव बिल्कुल अनोखा और अविस्मरणीय है

यात्रा की ही एक अन्य रोमांचक घटना जिसमें सी.आर.पी. के जवानों की कर्त्तव्यपरायणता व दूसरों की सहायता के लिए तत्परता भी दृष्टिगत होती है, याद आ रही है। इनकी बहन की शादी के लिए हम लोग लखनऊ गये। पढ़ाई के कारण बच्चे नहीं जा सके और हमारे पारिवारिक मित्र श्रीमती व श्री नेगी के संरक्षण में माउण्ट आबू में रह गये। इन्हें एक कोर्स के लिए हैदराबाद जाना था, अतः वापसी की लखनऊ से आबू तक की यात्रा मुझे अकेले ही करनी पड़ी। अकेले इतनी लम्बी यात्रा का मेरा पहला ही अनुभव था। अहमदाबाद में ट्रेन बदलनी थी, आबू तक का टिकट भी लेना था। यद्यपि दोनों गाड़ियों के बीच साढ़े चार घंटे का समय था किन्तु विधि का विधान। लखनऊ वाली ट्रेन चार घंटे से भी अधिक लेट हो गई और दोपहर दो बजे के बजाय शाम सवा छः बजे अहमदाबाद पहुंची। उतरने पर देखा कि आबू जाने वाली ट्रेन सामने वाले प्लेटफार्म पर खड़ी है। दस मिनट में बाहर जाकर टिकट लेना और ट्रेन पकड़ना मुझे असंभव सा लगा। उसके छूटने पर आबू जाने के लिए दूसरी गाड़ी रात ग्यारह बजे मिलती और इतनी देर मुझे रात में अकेले प्लेटफार्म पर बैठे रहना बड़े ही असमंजस की स्थिति थी। तभी देखा सामने सी.आर.पी. के दो जवान सामने खड़े थे जो उस कठिन परिस्थिति में साक्षात् देवदूत से प्रतीत हुए। मैंने पूछा आप माथुरसाहब को जानते हैं? तो बोले, जानते नहीं हैं पर आप बताइये क्या काम है? मेरे बताने पर एक फुर्ती से जाकर टिकट ले आया, दूसरे ने ट्रेन में बैठने में सहायता की। कठिनाई में दूसरों की सहायता के लिए उनकी तत्परता सचमुच सराहनीय थी। कुछ दैव संयोग भी ऐसा रहा कि जैसे ही उस कर्त्तव्यनिष्ठ सिपाही ने टिकट लाकर दिया ट्रेन चल पड़ी।

मन ही मन ईश्वर को धन्यवाद देते हुए रात साढ़े दस बजे आबू रोड पहुंची। वहां से आबू जाते समय जीप के आगे पहाड़ों से निकलकर एक बड़ा सा चीता आ गया जो कुछ दूर तक आगे भागता रहा, फिर जंगल की ओर मुड़ गया। इस प्रकार उसने इस यात्रा को और भी अधिक रोमांचक बना दिया।

दीमापुर स्टेशन से ट्रेन द्वारा अनोखी यात्रा कर हम गुवाहाटी पहुंचे। काकचिंग के बाशों की खपरैल की छत में पंखा नहीं लग सकता था। टेबिल में बड़े से कमरे की ऊँची छत में लगे पंखे को चलता देखकर नन्हा शुभांग बिस्तर में लेटे-लेटे बोला 'जाज-जाज'। पहले तो समझ में नहीं आया क्या कह रहा है, फिर यह सोचकर बहुत हंसी आई कि यह पंखे को हवाई जहाज समझ रहा है। पता चला कि ग्रामीण वातावरण से शहरी सभ्यता में आने वाले वासियों की क्या दशा होती है। यहां आये मुश्किल से बीस-पच्चीस दिन हुए थे कि 1974 की रेलवे स्ट्राइक के कारण पश्चिम बंगाल सी.आर.पी. की ड्यूटी लगा दी गई और हम लोग आसनसोल आ गये। मई-जून में गर्मी तो बहुत थी लेकिन वहां लीची और आम बहुत बढ़िया आ रहे थे। दो साल फलों के राजा के स्वाद से लगभग वंचित रहने के बाद और भी अधिक आनन्द आया। काकचिंग में अधिक बरसात के कारण आम में कीड़ा लग जाता और खाने योग्य नहीं रह जाते थे। लेकिन हर जगह की अलग विशेषता रहती है। वहां के रसीले मीठे अनान्नास का जवाब नहीं। उस जमाने में एक रूपये के पांच-छः मिलते थे, आज सोच भी नहीं सकते।

अब तक बच्चे छोटे थे। उनकी पढ़ाई की समस्या नहीं थी। अतः अनेक कठिनाइयों के बाद भी सी.आर.पी. का 'चलते रहो प्यारे' वाला पक्ष इतना महसूस नहीं हुआ। कुछ आदत सी बन गई थी। आसनसोल से चलकर हम 'तेजपुर' आसाम में कुछ महीने रहे। यहाँ आर्मी का कैन्ट भी था। सेंट जोसेट कान्वेन्ट स्कूल बहुत अच्छा था। दोनों बेटियों की पढ़ाई यहीं शुरू हुई। एक बहुत पुराना शिव मन्दिर था। जब भी उधर से निकलते अन्दर जाकर दर्शन करते थे। गिने-चुने लोग ही रहते थे लेकिन महाशिव रात्रि के पर्व पर दर्शनार्थियों की इतनी ज्यादा भीड़

थी कि बच्चों के साथ प्रवेश करने की हिम्मत ही नहीं हुई और भगवान से क्षमा प्रार्थना करते हुए बाहर से ही शीश नवा कर वापस आना पड़ा।

बरसात के मौसम में सांप, बिच्छू व कीड़े-मकोड़े तेजपुर में बहुत थे और घोंघे तो बहुत ही ज्यादा। हर जगह रेंगते रहते थे। कभी गलती से पैर पड़ जाय, या बिना देखे दरवाजा बन्द कर दिया तो बीच में उनके दबने की किरकिरी आवाज से मन न जाने कैसा हो जाता था। एक दिन किसी विचार में मग्न चलते-चलते ध्यान नहीं दिया और सांप पैरों के बीच में आ गया। गनीमत रही कि पैर उसके ऊपर नहीं पड़ा। तीन-चार महीने में ही यहाँ से देवली का ट्रान्सफर हो गया।

देवली राजस्थान में अजमेर के पास छोटी-सी रमणीक जगह है। यहां सी.आर.पी. का ग्रुप सेन्टर था। द्वितीय महायुद्ध के समय यहां कैदियों का कैम्प हुआ करता था। हम उस ऐतिहासिक घर में रहे जिसे अंग्रेजों के समय में स्वतन्त्रता सेनानी श्री जयप्रकाश नारायणजी को बन्दी बनाकर रखने के लिए मात्र ढाई दिन में बनाकर तैयार किया गया था। आसपास कीकर, बबूल आदि का कांटेदार जंगल था किन्तु जंगल में मंगल मनाने की अद्‌भुत क्षमता के अनुसार घर के सामने सुन्दर फूलों का बगीचा था जिसमें बच्चों के लिए झूले भी थे और पीछे आम, अमरूद, संतरे, सीताफल आदि फलों का बाग भी था। यानि सब सुविधायें थीं। सी.आर.पी. में ग्रुप सेन्टर की पोस्टिंग ऐसी मानी जाती है जहां कुछ समय तक शान्ति से रहने का अवसर मिलता है किन्तु रेलवे स्टेशन, बच्चों के लिए अच्छे स्कूल आदि कुछ बुनियादी समस्याओं के कारण पूरे ग्रुप सेन्टर को गुजरात की राजधानी गांधीनगर ले जाने की योजना जो काफी समय से विचाराधीन थी उसी समय में पूरी हुई। वहां निर्माण कार्य चल ही रहा था, अतः हवलदार बैरक जो लगभग तैयार थी उसके दो तीन कमरों में हम लोग रहे और जब तक ग्रुप सेन्टर कमाण्डेन्ट के लिए निर्धारित घर बनकर तैयार हुआ, माथुरसाहब का स्थानान्तरण आन्तरिक सुरक्षा अकादमी माउण्ट आबू (राजस्थान) में हो गया।

माउण्ट आबू हिमालय और अरावली पर्वत श्रृंखलाओं के मध्य सबसे ऊँचे पहाड़ पर बसा रमणीय दर्शनीय स्थल है। वह पर्यटकों के लिए आकर्षण का केन्द्र है। विशेष रूप से राजस्थान और गुजरात से यहां बहुत टूरिस्ट आते हैं। सुप्रसिद्ध देलवाड़ा जैन मंदिर बेहद खूबसूरत है। पहली बार देखो तो आंखें खुली रह जाती हैं। यहां की नक्की झील, गुरूशिखर, सनसेट प्वाइंट, गौमुख, ब्रह्मकुमारी ईश्वरीय विश्वविद्यालय आदि अनेक दर्शनीय स्थल पर्यटकों के लिए आकर्षण का केन्द्र हैं। साथ ही सन्तसरोवर के तट पर सोमनाथ मंदिर, शंकर मठ, गणेश मंदिर, नक्की झील के किनारे स्थित प्राचीन रघुनाथ मंदिर एवं हनुमान मंदिर, नील कंठ महादेव आदि अनेक मंदिर होने से यह एक तीर्थस्थल भी है। पहाड़ पर स्थिति अबुर्दा देवी मंदिर है। मां अबुर्दा यहाँ की अधिष्ठात्री देवी हैं। उनके दर्शन के बिना आबू की यात्रा पूरी नहीं होती है। अचल गढ़ में अचलेश्वर महादेव यहाँ के इष्टदेव हैं। हाथी गुफा बहुत बड़ी व प्रसिद्ध गुफा है। छोटी-बड़ी बहुत-सी गुफायें हैं जिनमें अनेक साधु, संत एकान्तवास व साधना करते हैं।

हमारे परिवार के लिए जीवन की सबसे बड़ी उपलब्धि सन्त सरोवर मंदिर में परमपूज्य स्वामी ईश्वरानन्दजी के दर्शन व सानिध्य के रूप में प्राप्त हुई। उनके द्वारा आध्यात्मिक पथ पर चलने के लिए संवित साधना के रूप में जो मार्गदर्शन मिला और जीवन के संघर्षमय पथ पर आगे बढ़ने के लिए जो संबल और दृढ़ आधार प्राप्त हुआ वह जीवन की अमूल्य निधि है।

बच्चों की प्रारंभिक शिक्षा के लिए यहाँ के सोफिया और सेन्ट मेरी हाई स्कूल वरदान सिद्ध हुए। केन्द्रीय विद्यालय के अलावा निर्मला स्कूल तथा और भी अच्छे-अच्छे स्कूल हैं। बड़े स्कूलों के अलावा प्राइवेट होस्टल भी हैं और आबू से बाहर के तथा विदेशों में रहने वाले भारतीयों के बच्चे यहां रहकर पढ़ाई करते हैं। छुट्टियों में आबू की चहल-पहल और रौनक देखते ही बनती है। यहां के नीरव और शान्त वातावरण में पर्यटकों का उमड़ता हुआ जनसमूह आबू पर्वत को चहल-पहल और उत्साह से भर देता है। नगरवासियों को भी यह

परिवर्तन अच्छा लगता है और यहाँ का व्यवसायी वर्ग तो इसके लिए प्रतीक्षारत रहता है, क्योंकि उनकी सबसे अधिक आये तो इसी समय होती है।

1979 में के.रि.पु. बल में उसके प्रति अनेक समस्याओं के कारण व्याप्त असन्तोष और उसके प्रति उच्च अधिकारियों की उदासीनता और उपेक्षा को लेकर जवानों ने हड़ताल कर दी जो लगभग छः-सात माह चली। उस पर नियन्त्रण पाने के लिए इस दौरान माथुरसाहब की नियुक्ति नीमच की कर दी गई। वहां से आबू आने के कुछ समय बाद मिजोरम के 'लुंगलेह' नामक स्थित 22 बटालियन में ट्रान्सफर हुआ। इस दौरान मैं और बच्चे पढ़ाई के कारण माउण्ट आबू में ही रहे। मिजोरम में भी इन्हें लगभग डेढ़ साल अकेले रहना पड़ा। इस प्रकार सी.आर.पी. में परिवार से अलग रहने वाली कठिनाइयों का सामना, व्यक्ति और परिवार दोनों को ही करना पड़ता है। 1984 में लुंगलेह से स्थानान्तरण भी मां भगवती की रहस्यमयी क्रीड़ा का रोचक दृष्टान्त है। पहले नीमच का आदेश आ गया। नीमच अच्छी जगह है, जलवायु भी अच्छी है किन्तु बच्चों की पढ़ाई के हिसाब से हमरे लिए अनुकूल नहीं थी। ईश्वर की इच्छा मानकर हमने मन को किसी तरह समझा लिया तभी अचानक एक दिन सुबह-सुबह दिल्ली से आबू आये श्री रवीन्द्र तोमरसाहब ने सूचना दी कि माथुरसाहब का ट्रान्सफर अजमेर हो गया है और वह लुंगलेह से चल दिये हैं। सहसा इस मनोवांच्छित की प्राप्ति से हमारी खुशी का ठिकाना न रहा। हुआ यों कि यादवसाहब को नीमच से अजमेर जाने का आदेश मिला। हर मापदण्ड से अजमेर बहुत अच्छा स्टेशन माना जाता है और सब वहां जाने के लिए तत्पर रहते हैं किन्तु संयोगवश किसी कारण से यादवसा वहां नहीं जाना चाहते थे। 'बिल्ली के भाग से छींका टूटा' वाली कहावत चरितार्थ हुई और माथुरसा को अजमेर के फ़ाई सागर ग्रुप सेन्टर में नियुक्त कर दिया गया। इस असीम कृपा के लिए भगवती अबुर्दा मां को कोटिशः धन्यवाद देते हुए हम सब अजमेर आ गए और लगभग ढाई वर्ष चैन से वहां रहे।

'ख्याजा मोइनुद्दीन चिश्ती' की दरगाह और पुष्कर राज यहां के मुख्य आकर्षण हैं। हिन्दु–मुसलमान दोनों का ही तीर्थ स्थल है। पुष्कर में विश्व भर में ब्रह्माजी का एक मात्र मन्दिर है। यहां का पशु मेला भी प्रसिद्ध है। अजमेर में शिरडी के साईं बाबा का मन्दिर तथा और भी कई दर्शनीय स्थल हैं। न ज्यादा बड़ा न छोटा, मध्यम आकार का सुविधाजनक शहर है। सबसे बड़ी बात यही है कि शिक्षा के लिए बहुत अच्छा केन्द्र है। सी.आर.पी. में आये दिन होने वाले ट्रान्सफर के कारण सबसे अधिक चिन्ता बच्चों की पढ़ाई के लिए ही रहती है। केन्द्रीय रिजर्व पुलिस बल के प्रयत्नों से वहाँ बाद में एक केन्द्रीय विद्यालय भी बन गया जिससे सी.आर.पी.एफ. के बच्चों को पढ़ाई की सुविधा हो गई।

1986 में हम अजमेर से आंध्र प्रदेश की राजधानी हैदराबाद गये। माथुरसा के कार्यकाल में यही सबसे बड़ा शहर रहा। भाषा और संस्कृति में अन्तर होने पर भी कुछ अधिक महसूस नहीं हुआ क्योंकि ग्रुप सेन्टर का जीवन सभी जगह प्राय: एक समान ही रहता है जिसमें एक कैम्पस में ऑफिस, आवास, क्लब, अस्पताल, कैंटीन आदि सभी सुविधायें रहती हैं, अत: स्थानीय भाषा या संस्कृति उसे विशेष प्रभावित नहीं कर पाते। मन्दिर, मस्जिद, गुरुद्वारा व चर्च प्राय: एक ही पंक्ति में बने होते हैं। प्रतिदिन प्रात:काल व सायंकाल मन्दिर में गूंजते आरती के स्वर व घंटे, घड़ियाल व शंख की ध्वनि सुरक्षा का आभास दिलाती सी प्रतीत होती है। शाम को आधिकांश जवान परिवार व बच्चे मन्दिर में एकत्र होकर कीर्तन करते हैं। कीर्तन के स्वरों पर पड़ती ढोलक की थाप व मंजीरों की ध्वनि में तन्मय होकर पूरे दिन के कठिन परिश्रम की थकान व तनाव से मुक्त हो जाते हैं। प्रमुख पर्वों पर गुरुद्वारे में *गुरूग्रन्थ साहब* के पाठ व लंगर का आन्नद लेने के लिए सब एकत्रित होते हैं। मुख्य उत्सवों पर चर्च भी जाते हैं। यह इस बल की धर्म निरपेक्षता का द्योतक है।

हैदराबाद की चारमीनार, म्यूजियम, तीन दरवाजा, गोलकुंडा का किला आदि अनेक ऐतिहासिक दर्शनीय स्थल हैं। यहां के मोती प्रसिद्ध

हैं। खाने में बिरियानी, बघारे बैंगन, डबल का मीठा विशिष्ट व्यंजन मशहूर हैं। फलों में अंगूर यहां बहुत होता है। बागों में जाने पर खूबसूरत बेलों पर लटकते हुए अंगूरों के गुच्छे देखकर मन खुश हो जाता है। हमने मन भर के खूब खाये हैं।

शिक्षा की दृष्टि से भी हैदराबाद में उच्च शिक्षा के लिए अनेक शिक्षण संस्थान हैं। कई केन्द्रीय विद्यालय तथा अच्छे-अच्छे स्कूल होने से बच्चों की पढ़ाई अच्छी तरह से हो सकी। ईश्वर की कृपा से लगभग ढाई वर्ष हम यहां आराम से रहे। यहां से माथुरसा का स्थानान्तरण पूर्वांचल के त्रिपुरा प्रान्त की राजधानी अगरतला हुआ। मैं और बच्चे पढ़ाई के कारण हैदराबाद में ही रहे। कुछ सुविधायें कम हुईं। टाइप छः क्वाटर से टाइप चार क्वाटर में आ गये। सी.आर.पी. के जीवन में कभी महल और बड़े-बड़े बंगलों में तो कभी तम्बू में भी रहना पड़ता है, अतः ऐसे परिवर्तनों में स्वयं को ढालने की क्षमता विकसित हो जाती है। चार क्वार्टरों के ब्लॉक में साथ रहने का यह अनुभव भी अच्छा रहा। हमारा ऊपर वाला फ्लैट था। सामने उड़ीसा के डा. महन्ती परिवार के साथ रहते थे। श्रीमती महन्ती सरल स्वभाव की खूब बातूनी और मजेदार थीं। उनके नीचे श्री व श्रीमती बाल केशवन केरला के, उनके दो प्यारे बेटे प्रशान्त और छोटू अब तो खूब बड़े हो गये होंगे। दो वर्ष का छोटू बहुत ही प्यारा। उससे हमारा खूब मन लगता। आ जाता तो घर जाने का नाम ही नहीं लेता। हमारे नीचे आंध्र प्रदेश की श्रीमती सुब्बाराव भी हमारी ही तरह बच्चों की पढ़ाई के कारण अपने तीनों बच्चों के साथ रहती थीं। वह शान्त स्वभाव की मितभाषी महिला थीं। इस प्रकार पूरा ब्लॉक राष्ट्रीय समन्वय का छोटा सा नमूना था। आपस में अपने सुख-दुःख बांटते साथ ही चार प्रान्तों के विशेष व्यंजनों का आदान-प्रदान भी खूब होता था। केरला के नायक भैया ने सहायक के रूप में बहुत अपनेपन से पूरा ध्यान रखा और कोई असुविधा नहीं होने दी। यों भी प्रायः सबको इस स्थिति से गुजरना पड़ता है, अतः सहयोगी जन भी एक-दूसरे का ध्यान रखते ही हैं।

बच्चों की छुट्टियाँ होने पर हम भी अगरतला गये और देश के पूर्वांचल के त्रिपुरा प्रान्त के प्राकृतिक सौन्दर्य का आनन्द लिया। कटहल जो हमारी काफी प्रिय सब्जी है, वहाँ सड़क के किनारे या जंगलों में ऊँचे पेड़ों पर बड़े-बड़े कटहल लटकते देखकर बहुत मजा आया। मन भर के खाया और अचार भी बनाया। अनान्नास यहाँ भी खूब होता है। एकदम ताजे रसीले फल का स्वाद कुछ अलग ही होता है। इस प्रकार खुले वातावरण और प्रकृति की गोद में बिताये गये दो माह कहाँ निकल गये पता ही नहीं चला।

1990 जून में स्थानान्तरण पंजाब में हुआ, जहां आतंकवाद चरम सीमा पर था। बटालियन का हेड क्वार्टर फिरोजपुर में था। के.रि.पु. बल के अधिकारियों व जवानों को कितनी विकट परिस्थितियों से जूझना व संघर्षों का सामना करना पड़ता है यह बहुत निकट से देखा व महसूस किया। हाउसिंग बोर्ड के छोटे-छोटे घर और कुछ टेन्ट लगाकर बनाया गया बटालियन का कैम्प था। उन्हीं में एक भाग में ऑफिस इत्यादि और एक भाग अधिकारियों के रहने के लिए आबंटित था। हम लोग शाम को घूमने निकले तो बताया गया कि घर के सामने वाली छोटी-सी सड़क पर ही टहल सकते हैं उसके आगे सुरक्षा कर्मियों को साथ लिए बिना नहीं जा सकते। आये दिन आतंकवादियों द्वारा की गई गोलाबारी द्वारा हताहत निर्दोष लोगों व पुलिस कर्मियों के समाचारों के कारण हर समय असुरक्षा व भय का वातावरण बना रहता था, न जाने कब क्या हो जाये? 'जाको राखे साईंया मार सके ना कोय' इस कहावत को चरितार्थ होते हुए भी देखा। मोगा से फिरोजपुर आते समय चौथी बटालियन के कमाण्डेन्ट मि. सिंह के कनवाय पर आतंकियों ने फायर किया। उन्हें कई गोलियां लगीं पर बाल-बाल बचे। किन्तु कई महीने अस्पताल में रहना पड़ा। उन्हें देखने हम अस्पताल गये तो देखा पूरे कम्पाउण्ड में जगह-जगह चारपाइयां बिछी हैं। लोग बैठे या सो रहे हैं और काफी संख्या में वहां एकत्रित हैं। देख कर लगा कैसा अस्पताल है। रोगियों को बाहर खुले में सुला रखा है। पूछने पर पता चला ये रोगी नहीं बल्कि परिवार या गांव के लोग सहायता के लिए आये हैं। इतना ही नहीं, साथ

में पर्याप्त धन भी लाये होंगे जो जरूरत पड़ने पर काम आये। दूसरे के सुख–दु:ख में पूरा सहयोग देने का यह पंजाब की परम्परा सराहनीय है।

इन्हें भी लुधियाना, भोगा, चंडीगढ़, अमृतस्र जहां भी बटालियन की कम्पनियां होतीं वहां निरीक्षण के लिए जाना होता था। बच्चों को स्कूल भेजना भी खतरे से खाली नहीं था। शाम तक सबके सही सलामत घर आ जाने पर चैन की सांस लेते थे। हर आने वाले दिन की शरुआत '*सर्वे भवन्तु सुखिन: सर्वे सन्तु निरामया, सर्वे भद्राणि पश्यन्तु मा कश्चितद् दु:ख भाग भवेत्*' इस प्रार्थना से होती थी।

अन्य स्थानों के समान पंजाब प्रवास का दूसरा पक्ष भी रहा। देश के इस समृद्ध प्रान्त को देखने का अवसर मिला। हम हुसैनीवाला बार्डर गये जहां एक सीमा रेखा सन् 1947 में हुए देश के विभाजन को दर्शाती है। इस ओर भारत और उस पार पाकिस्तान के सैनिक सुरक्षा के लिए तैनात रहते हैं। प्रतिदिन सूर्यास्त से पहले बारी–बारी से अपने देश के राष्ट्रीय ध्वज को सलामी देकर बिगुल पर बजाई गई रिट्रीट की विशेष धुन के साथ उतारने की परेड का दृश्य रोमांचित कर देने वाला होता है। दोनों देशों के बीच राजनैतिक मतभेद भले ही हो किन्तु व्यक्तिगत रूप से सैनिकों में कोई वैमनस्य का भाव नहीं है। वे आपस में मिलते–जुलते हैं और सद्भावना के साथ मित्रवत रहते हैं। उच्चे अधिकारी निरीक्षण के लिए आते हैं तो दोनों मिलते और मिठाई आदि खिलाते हैं। यह सब देखकर मन में यही भाव जागृत होता है कि यही सद्भावना और मैत्री का भाव यदि दोनों देशों की सरकारों की नीतियों में भी हो और शान्ति स्थापित रहे तो कितना अच्छा हो। कारगिल जैसे युद्धों में निरपराध सैनिकों को अपने अमूल्य प्राणों की बलि ना देनी पड़े।

'जलियांवाला बाग' में बैशाखी का पर्व मनाने के लिए एकत्रित हुए निरीह मासूमों की अंग्रेज जनरल डायर द्वारा कराये गये नितान्त अमानवीय और निर्मम हत्या और लोगों की विवशता के हृदय विदारक दृश्य की कल्पना मात्र से मन मर्मान्तक पीड़ा से भर गया। आज भी वहाँ अंग्रेजों द्वारा चलाई गई बन्दूक की गोलियों के चिह्न दीवारों पर

अंकित हैं। इसके अतिरिक्त अमृतसर के सुप्रसिद्ध दिव्य स्वर्ण मंदिर के दर्शन का पुण्य लाभ अर्जित किया। उसके बाद संकरी गाड़ियों में स्थित मशहूर 'केसर के ढाबे' की गर्मागरम स्वादिष्ट माखनी दाल, तन्दूरी रोटी व रस मलाई का अनिर्वचनीय स्वाद भी लिया जिसे भुलाया नहीं जा सकता।

पंजाब वासियों की मस्ती, जिन्दादिली, भांगड़ा, गिद्धा जैसे मस्ती भरे नृत्य अपनापन एवं आतिथ्य भी चिरस्मरणीय है। दूर-दूर तक लहराते खेत और अनाज से भरे खलिहान वहां की खुशहाली व समृद्धि के प्रतीक हैं। खेत कभी खाली नहीं रहते। एक वर्ष में कई फसलें पैदा की जाती हैं। किन्तु इन्हीं खेतों के बीच से किसी भी समय आतंकवादियों की बन्दूकों से आने वाली गोलियों की बौछार का खतरा भयभीत व त्रस्त कर देने वाला था। ईश्वर की असीम कृपा से सब कुछ ठीक रहा। शुभांग बारहवीं करके इंजीनियरिंग करने आर.ई.सी. कालीकट चला गया। शिखा जवाहरलाल यूनिवर्सिटी दिल्ली से एम.फिल. करने और प्रज्ञा का एम.ए. फाइनल था। तभी माउण्ट आबू से मां अबुर्दा का बुलावा आया और प्रज्ञा को चंडीगढ़ होस्टल में छोड़कर हम आबू आ गये। पंजाब के आतंक से ग्रस्त वातावरण से निकल कर आबू आना मां के घर आने जैसा लगा। अपनी ट्रेनिंग के समय कभी आन्तरिक सुरक्षा अकादमी के डायरेक्टर सा के घर 'विश्रान्त' में आने पर माथुरसा के मन के किसी कोने में स्वयं इसी पद पर इसी घर में रहने की इच्छा को मां भगवती ने पूरा कर दिया। सचमुच कुछ ऊँचाई पर स्थित विशाल कम्पाउण्ड में गोलाकार मार्ग के प्रवेश द्वारों पर गुलमोहर, रास्ते के दोनों तरफ बोगनविला और रात की रानी, बीच के मैदान में सड़क के पास लगा केसिया जब फूलों के बड़े-बड़े गुच्छों से लद जाते तो रोशनी सी फैल जाती। फूल झरने पर सड़क पर फूलों की पीली चादर बिछ जाती। जब हम नन्हें संवित को अस्पताल से घर लेकर आये तो इसने फूलों की वर्षा करके स्वागत किया। खूब ऊंची-ऊंची छत, रोशनदान, खिड़कियों वाले हवादार बड़े-बड़े कमरों वाले इस विशाल घर के सामने अर्द्ध गोलाकार बरामदे के खंभों पर मधुमालती और पीली चम्पा की लहराती

हुई बेलें विस्तृत लान के किनारे सुंदर फूलों की क्यारियां दूसरी ओर जामुन, आम, नीबू, शहतूत, शरीफा (सीताफल) आदि फल, किनारों पर यूकिलिप्टस तथा कुछ पुराने ऊंचे-ऊंचे वृक्ष थे जो पर्यावरण की दृष्टि से भी लाभदायक थे। एक विशेषता यह भी कि गेट से निकलकर सड़क के उस पार मुख्य बाजार था तथा बरामदे में बैठकर नक्की लेक का नजारा व चहल-पहल दिखाई तो पड़ते, पर घर के अन्दर शोरगुल या कोलाहल का पता भी नहीं चलता। संभवतः इसी कारण इसे 'विश्रान्त' नाम दिया गया। हर दृष्टि से सराहनीय यह घर अपने निर्माताओं व साज-सज्जा करने वालों की सूझबूझ व कलात्मकता का भी परिचायक था।

भगवती की लीला भी अपरम्परा है। फिरोजपुर पंजाब के सीलन और घुटन भरे छोटे-छोटे कमरों के क्वार्टर से निकालकर आबू के विश्रान्त में पहुंचा कर पतिदेव की चिरसंचित आकांक्षा को तो पूरा किया, साथ ही सी.आर.पी. की 'तम्बू से महल तक' वाली विशेषता को दर्शाया और 'हारिये ना हिम्मत बिसारिये ना राम,' 'जाहि विधि राखे राम ताहि विधि रहिये' का पाठ भी पढ़ाया। इतने बड़े घर में बच्चों के बिना सूनापन लगता और छुट्टियों में उनके आने की प्रतिक्षा रहती। प्रायः सभी गृहस्थी के जीवन में यह स्थिति आती ही है। हां, आबू का शान्त, सुरक्षित, उन्मुक्त एवं आध्यात्मिक वातावरण मां अबुर्दा की ममतामयी गोद, संवित साधनायन में श्री सोमनाथ महादेव की शरण में आकर अपार सुख-शान्ति मिली। इसके अतिरिक्त परमपूज्य स्वामीजी की दिव्य सान्निध्य व सत्संग का सौभाग्य कई वर्षों बाद प्राप्त हुआ जो जीवन में आने वाले उतार-चढ़ावों को स्वीकारने के लिए सुदृढ़ आधार व संबल प्रदान करता रहा है। गृहस्थ जीवन के दो महत्त्वपूर्ण शुभ कार्य, बड़ी बेटी शिखा का शुभ विवाह और हमारे प्रथम प्रपौत्र 'संवित' का शुभागमन होने से आबू का यह प्रवास शुभ और मंगलमय रहा।

माथुर साः के कार्यकाल के अन्तिम चरण में माउण्ट आबू में कुछ समय के लिए नागालैंड की राजधानी कोहिमा जाने का अवसर भी मिला। उत्तर पूर्वांचल का यह पहाड़ी इलाका भी घने जंगलों और

नैसर्गिक सौन्दर्य से परिपूर्ण है। संसाधनों के अभाव और विकास से समुचित अवसर ना मिलने के कारण यहां की जनजातियों में असंतोष व आक्रोश की भावना व्याप्त है जिसका प्रदर्शन वे वहां के सुरक्षा व शांति बनाये रखने के लिए नियुक्त की गई सेना या सीमा सुरक्षा बल या केन्द्रीय सुरक्षा बल जैसे अर्द्धसैनिक बलों के कैम्प, कनवाय या ड्यूटी पर तैनात सैनिकों पर हमला करके करते हैं। ऐसी परिस्थिति में इन अफसरों व जवानों का जीवन जोखिम भरा व संघर्षपूर्ण रहता है। साथ ही परिवार व बच्चों से अलगाव के कारण होने वाले तनाव और चिंता के कारण उनकी मनःस्थिति को भुक्तभोगी ही समझ सकते हैं।

भाषा, वेषभूषा, रहन–सहन व सांस्कृतिक भिन्नता भी है। यहां मातृ प्रधान समाज है। पुरूषों की तुलना में महिलायें सशक्त व परिश्रमी हैं। यहां के निवासी मुख्य रूप से मांसाहारी हैं। इस संदर्भ में एक रोचक अनुभव प्रस्तुत है। एक दिन कुछ खरीदारी करने हम बाजार गये। सब्जी बाजार में देखा, एक व्यक्ति टोकरी में कुछ बेच रहा था जिसको उसे बार–बार संभालना व समेटना पड़ रहा है। कौतूहलवश पास जाकर देखा, टोकरी में ढेर सारे मेंढ़क थे जो उछल–उछल कर भागने का प्रयत्न कर रहे थे।

कोहिमा से हम कुछ दिन के लिए पहले असाम में सम्मिलित, बाद में मेघालय नाम से अलग राज्य की राजधानी शिलांग भी गये। वहां जाकर लगा कि न जाते तो देश के उत्तर पूर्वांचल का संभवतः सबसे खूबसूरत स्थान देखने से वंचित रह जाते। अत्यन्त घने जंगलों से आवृत पहाड़ों को काटकर बनाई गई घुमावदार कहीं–कहीं बहुत संकरी सड़कों पर जाते समय खाइयों की गहराई से कभी–कभी डर भी लगता किन्तु पहाड़ों से कलकल निनाद करते बहते हुए झरने व छोटी–बड़ी नदियों के उद्गम स्थल पर वेग से गिरने वाली जल धाराओं का धवल सौन्दर्य हृदय व नेत्रों को तृप्त कर देता। छोटे–बड़े पुलों को पार करने के लिए एक बार में एक ही साइड की गाडियां जा सकती थीं, अतः उस पार के सिग्नल का इंतजार करना पड़ता था।

'गंभार' मेघालय का राज्य वृक्ष है। घनी पत्तियों वाले इस छायादार सुन्दर वृक्ष की पत्तियाँ पतझड़ के मौसम में गिर जाती हैं। वसंत ऋतु में फूल खिलते हैं। इस समय वृक्ष पूरी तरह पर्ण विहीन होता है। फूलों से लदे हुए गंभार वृक्ष का सौन्दर्य देखते ही बनता है। दूर तक फैले चाय बागान, पीठ पर टोकरी बांधे, लोकगीतों की स्वर लहरी के साथ चाय की पत्तियाँ तोड़ती बालायें भी आकर्षित करतीं हैं। आसाम सिल्क की साड़ियां व अन्य परिधान भी अपनी विशिष्ट पहचान रखते हैं।

जैसे 'उड़ि जहाज को पंछी पुनि जहाज पै आवे' भक्त कवि सूरदास की इन पंक्तियों के समान ही हम पुनः आबू आ गये। मां अबुर्दा की गोद में आकर अपने घर आने जैसी अनुभूति होती है। प्रकृति के 'नित्य नूतन' तथा 'यह भी जायेगा' अर्थात् समय अच्छा या बुरा जैसा भी हो रूकता नहीं है। इन नियमों के अनुसार, केन्द्रीय रिजर्व पुलिस बल सम्पर्क के अन्तर्गत हुए इस भारत भ्रमण एवं कुछ रोचक, मनोरंजक व सुखद तो कुछ जोखिम व कठिनाइयों से भरे कार्य काल की परिणति हुई। 31 जुलाई, 1997 में माथुर सा: आन्तरिक सुरक्षा अकादमी के डायरेक्टर के पद से सेवानिवृत्त हुए। इस प्रकार जीवन के एक नये अध्याय का प्रारंभ हुआ। माउण्ट आबू से एक विलक्षण आत्मीयता का सम्बन्ध स्थापित हो गया था। विशेष रूप से मां अबुर्दा व सोमनाथ महादेव की दिव्य शरण एवं गुरू सन्निधि का आकर्षण हमें गुरू पूर्णिमा व महाशिव रात्रि जैसे पर्वों पर बरबस ही आबू ले जाता रहा है। सी.आर.पी. के विश्रामगृह 'आनन्दलोक' में ही हम रुकते हैं। रिटायरमेन्ट के बाद भी वहाँ के स्टाफ की पहले जैसी ही निष्ठा व तत्परता से की गई आवभगत व देखभाल इस केन्द्रीय पुलिस बल के 'सेवा और भक्ति' के ध्येय को पुष्ट करती है। उनका निस्वार्थ सरल व्यवहार हमें मन्त्र मुग्ध कर देता और देश के लिए समर्पित इस महान बल के लिए हृदय कृतज्ञता से भर जाता है।